VOLUME.2
転生魔王の
無双
岸本和葉　ill. 桑島黎音

バルフォ＝リバリウス
魔王の部下。転生し、バルザルク帝国勇者学園の生徒に。諜報が得意。
ゼナ・フェンリス
魔王の部下。転生しエルレイン王立勇者学園の生徒に。アル至上主義者。
アル
魔王アルドノアの転生体。エルレイン王立勇者学園Fクラス。世界改革をもくろむ。

CHARACTER
ベルフェ・ノブロス
魔王の部下。転生しエルレイン王立勇者学園の教師に。研究大好きで苦労性。
メルトラ・エルスノウ
男装でエルレイン王立勇者学園に通うAクラスの生徒。アルに対して親友以上の思いを抱く。
スキリア
魔王の部下。転生し、バルザルク帝国勇者学園の生徒に。天然っぽい性格。

「大丈夫か？」
「う、うん……軽い立ち眩みだから」

「お前が自分のために
生きる王ならば、
俺は人のために
生きる魔王となろう」

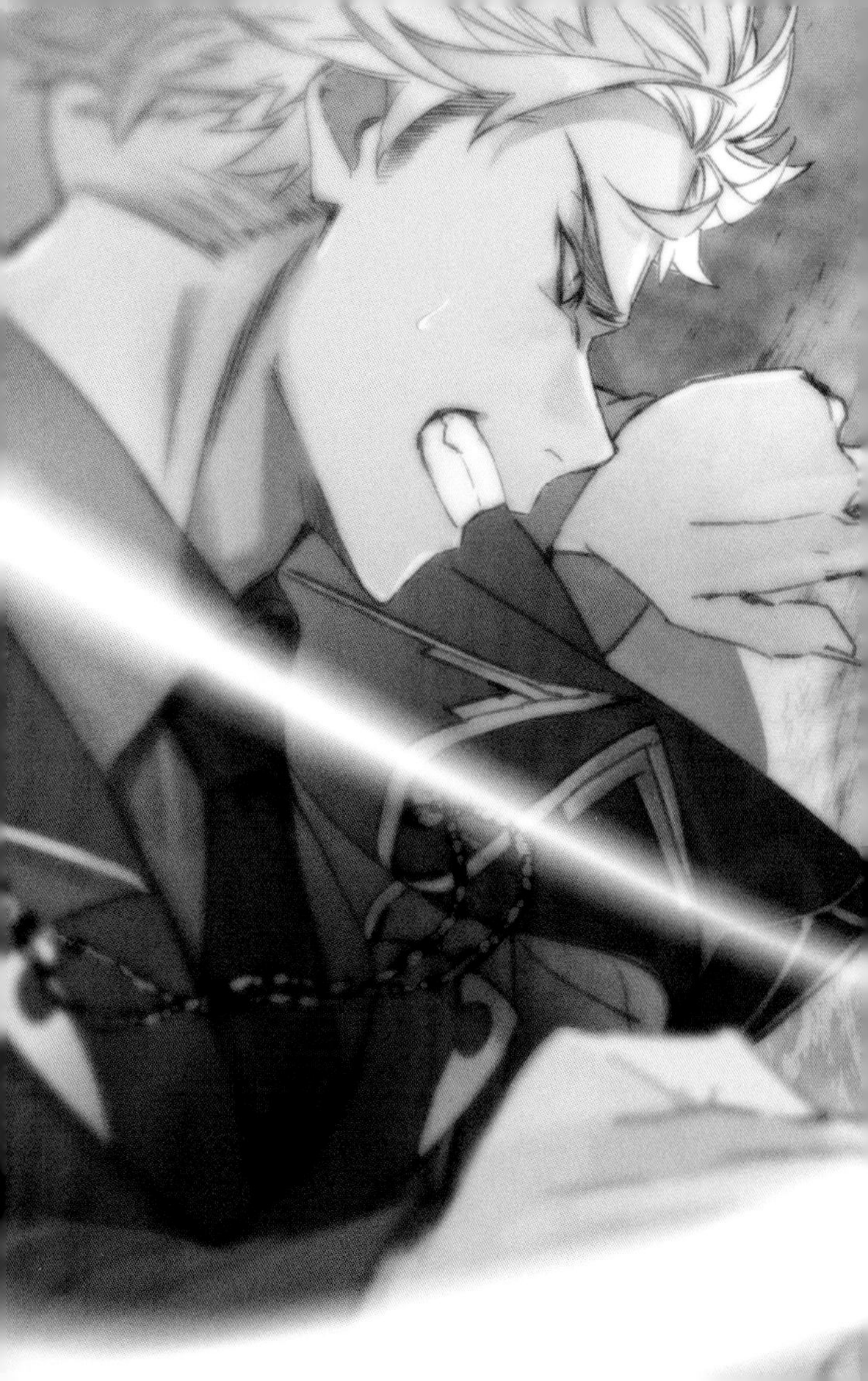

CONTENTS

TENSEIMAOU NO
YUSHAGAKUEN-MUSOU 2

転生魔王の勇者学園無双 2

岸本和葉

Illust. 桑島黎音

Jノベルライト文庫

◉前回までのあらすじ

長きにわたった魔王と人間との戦い。魔王アルドノアは勇者の前で自害し、千年後の世界に平民のアルとして転生した。

転生後、アルはかつての配下である貴族ゼナと、エルレイン王立勇者学園に入学。そこには配下ベルフェが教師として転生していた。アルはゼナ、ベルフェとともに、最下層のFクラスを始めとして人間の国で成り上がることを誓う。

メルトラという友達もでき、少しずつ学園生活に楽しみを見出していくアル。申し込まれる決闘にも勝利し、学園内外で力の差を見せつけていく。

だがあるとき、アルを良く思わない教師の企てによりアルとメルトラは戦うことになった。

戦いののち、アルはかつてないほど真剣に告げる。

俺、この世界を滅ぼそうと思う——と。

プロローグ：魔王、問いかける

どうして、自分はこの世界に生まれてきたのだろうか。

〝魔王〟は、そう問い続ける。

人類を敵に回しているというのに、彼自身は目的もなくただそこにあるだけ。

抜け出すことのできない迷宮に囚《とら》われ続けている。

辛いという感情はなくとも、魔王の心に巣食《すく》う虚無《きょむ》は徐々に大きくなっていた。

「どうかなさいましたか、アルドノア様」

「……」

玉座に深く腰掛け、目を閉じていたアルドノア。

彼は配下である壊楽《かいらく》のゼナの声に反応し、薄目を開けた。

心配するような視線を向ける配下たちを見て、アルドノアは息を吐くように笑う。

「もしや、ご気分が優《すぐ》れないのですか？　でしたら一度横になってお休みいただいた方が……」

「ふっ、すまない。何でもないんだ」

「そう、ですか」

ゼナはいつも心配性だ。

人一倍忠誠心があることはアルドノアも理解しているが、過保護すぎるあまり些細な変化でもすぐに指摘してくるのは中々《なかなか》に厄介。

王として、配下の前で弱味を見せることを良しとしないアルドノアにとっては、ある種天敵と言っていい存在である。

「……ゼナに同意するのは少し癪《しゃく》ですが、俺も休める時に休んでおいた方がいいと思うっスよ。最近人間たちの攻撃も激しくなってきていますし……まあ、俺たちの敵ではないことも事実っスけど」

「ベルフェにまで言われてしまうか……」

アルドノアは玉座に背を預け、視線を上に上げる。

疲労がたまっているわけではない。

人類の攻撃程度では、魔王アルドノアという存在にダメージを与えることはできないのだから。

故《ゆえ》にすべての問題は、彼の内面にあった。

「……ゼナ、ベルフェ」

突然名前を呼ばれた二人は、何事かとアルドノアに視線を向ける。

「俺は、何のために生まれてきたんだと思う？」

「それは……私たちを率いて、この世界を支配する……ため？」

ゼナはそう口にしつつも、頭の上に疑問符を浮かべていた。

確かに、アルドノア自身も自分の役目はそれであると思っていた。

自分は支配するために生まれてきたのだと。

しかし、それは一体誰から与えられた役目なのだろうか。

自分が持つ強大な力を認識し、〝支配者〟であると思い込んでいるだけなのではないだろうか。

（この力は、何のためにある……？）

手のひらに視線を向け、アルドノアは問いかける。

間もなく彼は、運命の時を迎えようとしていた。

魔族の体を捨て、人間として生まれ変わる。

彼の求める答えは、その先にしかない——。

第一話：魔王、施《ほどこ》す

「はぁぁぁぁぁあ！」

金髪の少女が発声と共に剣を振る。

対する銀髪の少女は、巨大な大剣でその一撃を受け止めた。

剣と剣がぶつかり、辺りに走る衝撃波。

近くにあった木々は揺れ、葉が舞う。

彼女らの攻防は、容易《たやす》く周囲に影響を及ぼしてしまうほどに激しいものだった。

「……隙を作ってからソードモードに変化させるまでにタイムラグがありますね。これでは簡単に対応されますよ？」

「ぐっ！」

銀髪の少女――ゼナが大剣を少し傾けると、金髪の少女、メルトラの体勢が崩れる。

メルトラはとっさに〝聖剣ソウルディザイア〟の形状を盾に変え、ゼナの回し蹴りを受け止めた。

しかし、魔王軍四天王の一人である彼女の攻撃は、体勢を崩したまま受け止められるようなものではない。

メルトラの体は盾ごと吹き飛ばされ、近くに生えていた木に背中を打ちつけた。

「いったぁ……す、少しは手加減してよ」

「手加減されて文句を言うのは貴女《あなた》じゃないですか……文句を言うならここで終わりにしておきますか？」

「……いや、もう一本お願いします」

闘志を燃やしながら立ち上がるメルトラを見て、ゼナは肩を竦《すく》める。

ここはゼナの家であるフェンリス家の所有する山の中。

いずれ魔王城を再建すべく、ゼナが有り余る財産で購入した私有地だ。

現在は天然の修練場となっており、メルトラの鍛錬のために使われている。

「ふぅ……アル様の側にいるために相応《ふさわ》しい実力を身に着けたいという貴女の意志は尊重しますが、このまま闇雲に模擬戦を繰り返していても効率は下がる一方です」

「……じゃあ、他に何するの？」

「少々癪《しゃく》に障りますが、アドバイザーを呼んでみました。何か効率を上げるためのアドバイスをもらいましょう。……すごく腹が立ちますが」

「その態度で誰をアドバイザーにしたのかは理解できたけど、ちょっと嫌がりすぎじゃない……？」

メルトラが苦笑いを浮かべていると、山の麓《ふもと》の方角から紫髪の男が姿を現した。

彼――ベルフェはどことなく嫌そうな顔をしながら、メルトラとゼナの顔を見比べる。

「……ずいぶん苦労してそうだな、メルトラ。そこにいるポンコツが指導者だと」

「は？　誰がポンコツなんですか？」

「自分のことすら分からなくなったか。もういいよいよだな」

「いいよ？　言いたいことがあるならはっきり言ったらどうですか」

「だから言ってんだろ、ポンコツって」

「っ！」

ベルフェに向かい飛びかかろうとするゼナを、メルトラはとっさに羽交《はが》い絞めにする。

「ね、ねぇ！　暴力はよくないから！　駄目だから！」

「放してください！　メルトラ！　私はあの男を殴らなければ！」

「乱暴な女の子は男の子にモテないよ⁉　ね⁉」

「うっ……」

ゼナが体から力を抜く。

彼女は今、アルのことを思い浮かべていることだろう。

もちろんゼナの性格を理解しているアルがこの程度のことで失望することは決してあり得ないのだが、乙女心《おとめごころ》というのはそういった事実とはまた違う部分で揺らぐもの。

敬愛するアルの隣にいる自分が騒ぎ喚いている姿を想像し、ゼナは自分を戒《いまし》めることができた。

「……すみません、取り乱しました」

「おお、反省もできるようになったのか。猿からようやく卒業か？」

「駄目です、メルトラ。やっぱり私はこの男を殺します」

大剣を振り上げ再び飛びかかろうとするゼナを、再びメルトラが止めに入る。

「絶対駄目だよ⁉　殺すになってるから！　殴るから殺すになってるから！　ベルフェ先生も変にゼナを挑発しないで！」

「ふーッ！　ふーッ！」

目を血走らせ、荒い息を吐くゼナをよそに、ベルフェは頭をぼりぼりと掻《か》く。

「ふぅ……まあ、遊びはこれくらいにしておくか」

雰囲気が変わったことを察し、メルトラはゼナから手を離す。

それまで酷《ひど》く怒り狂っていたゼナだったが、もう飛びかかろうとはしなかった。

彼女自身、長年魔王軍で指揮を執《と》る側に回っていた存在。

場の空気を読む力も人一倍持ち合わせている。

――顔はいまだに鬼のような形相《ぎょうそう》になっているが。

「強くなるためのアドバイスが欲しいんだって？」

「……うん。せっかくアルに親友として扱ってもらえるようになったんだ。ゼナやベルフェ先生ほどじゃなくても、せめて何かあった時に足を引っ張らない程度の力が欲しい」

真っ直ぐそう告げられたベルフェは、何か思うところがある様子で愛用の葉巻に火をつけた。

（元々メルトラのポテンシャルは低くない……それどころか、現代に生きる人間の中では最高水準に近いはず。だが、今以上という話になると――）

魔族と人間では、根本的に能力値に圧倒的な差がある。

身体能力も、魔力の総量も、当然のように魔族が格上。

生半可《なまはんか》な努力では、魔族のステータスを上回ることなどできやしないのだ。

現に人間に転生した当初のアル、ゼナ、ベルフェの三人は、魔族だった頃と比べて能力値が大きく下がったことを自覚しており、それを取り戻すまでに年単位の時間を要している。

尚且《なおか》つ、いまだに不完全な部分は多々あり、全盛期と同じ動きをすることは少々骨が折れるはずだ。

それだけ人間の体というのは性能面に難がある。

間違った負荷《ふか》を与えれば、容易く壊れてしまうくらいに――。

「……さっきの攻防を見る限り、やはりソウルディザイアの性能が活《い》かしきれていないのは事実だ。ゼナが言っていたタイムラグを消すのが当面の問題だな」

「うーん……やっぱりそうか」

「自分でその原因は分かっているか？」

「……ソウルディザイアの形状を変化させるためには、強いイメージが必要なんだ。それが中途半端になると、刃がぐにゃぐにゃだったり、そもそも刃が潰れていて剣としての役目を果たせなかったりするから」

「なるほど、厄介《やっかい》だな」

「毎日形状変化のためのイメージを反復して練習しているんだけど、戦闘中になると余計な思考も入ってくるでしょ？　だからとっさにイメージしようとしてもブレちゃうんだ」

「へぇ……」

ベルフェは自分が研究者として好奇心を覚えていることに気づいていた。

転生を繰り返し現代まで生きながらえていた、勇者の元パーティメンバー、大賢者クロウリー。

彼はメルトラを利用し勇者レイドの魂を弄《もてあそ》んだ非道な男であったが、同じ研究者であるベルフェも本質的には変わらない。

自分の知的好奇心を満たすためであれば、非人道的なことでも行えてしまう。

しかし長年そういった自分の〝狂気〟と向き合ってこれたからこそ、ベルフェは己の欲を抑えることができるようになっていた。

（できることならソウルディザイアをメルトラから切り離して分解してみたいところだけど……魂と強い結びつきを持つこの武器を取り上げれば、メルトラの体に異常をきたすかもしれねぇ）

　故に、ベルフェは今のままできることを考える。

　そして一つの要素にたどり着いた彼は、葉巻から口を離した。

「盾……そうだ、盾だ」

「え？」

「お前、さっきとっさにソウルディザイアを盾に変化させただろ？」

「あ、うん。ゼナの蹴りを受け止めなきゃって思って……」

「あの時瞬時にソードモードからシールドモードに変化させることができたおかげで、お前は甚大《じんだい》なダメージを負わずに済んだわけだ。つまり、反射的に形状変化させることはすでに可能なんだよ」

「……確かに。でもほら、盾ってイメージしやすいでしょ？　切れ味とか気にしなくていいし、形状だって大雑把《おおざっぱ》でも役目は果たせるし」

「ああ、確かに剣とは違う。ここで大事なのは、反射的に形状変化させられるって部分だ」

「……？」

「俺に少し時間をくれ。お前のために、便利なものを作ってやる」

いつの間にか自制心が綻《ほころ》び始め、ベルフェの顔からは好奇心が漏れていた。

意気揚々と踵《きびす》を返して山を下っていく彼を見送った後、メルトラとゼナは顔を合わせる。

「い、行っちゃったね」

「はぁ……研究や発明となると目の色が変わりますからね、ベルフェは。まあメルトラにとって損はなさそうですし、放っておきましょう」

「うん……」

確かにゼナはポンコツな時があるけど、ベルフェも大概変だよね——と口にしたくなったメルトラだったが、何だかんだいって自分のために動いてくれている二人に言うことではないと思い、口をつぐんだ。

「……ねぇ、ゼナ」

「はい？」

「アルは今日もスラム街に行ってるの？」

「……ええ。よく見ておきたいから、と」

「そっか」

二人の間に、気まずい沈黙が流れる。

お互いがお互い、何を想っているのか分かってしまうが故に口を開けなかった。

〝俺、この世界を滅ぼそうと思う〟。

アルが告げたその言葉は、本人をよそに、彼女らの胸に楔《くさび》として深々と突き刺さっていた。

(アル様……あの言葉の意図は、一体――)

◇◆◇

一方その頃。

エルレイン王国城下町の外れには、行き場を失った者たちが集まるスラム街がある。

日を遮《さえぎ》るように作られた違法な建築物だらけのその場所は、暴力、略奪の巣窟《そうくつ》と人々から認知されていた。

小綺麗な格好をして歩くなんて言語道断。

スラムの住民たちからすれば、どうぞ奪ってくださいと金が両手を広げて歩いているようなものである。

故に、勇者学園の制服を着たままその通りを歩く少年は、先ほどから常に住民たちの獲物を狙う目に晒され続けていた。

彼がもし、〝魔王アルドノア〟の生まれ変わりでなければ、とっくの昔に身包《みぐる》みをはがされていただろう。

（何度来ても、ここは酷い場所だな）

辺りを見回しながら、アルは小さく息を吐いた。

生ごみの腐った臭いや、糞尿《ふんにょう》の臭い。

それらが入り混じり、スラム街は常に耐えがたい異臭に包まれている。

おそらく、死体の臭いも混ざっていることだろう。

ここでの命は、金と比べて大きく劣る。

人が死んでいたところで、誰も気にしない。

道の真ん中で倒れていれば蹴って退《ど》かし、自分にとって邪魔でなければそのまま放置する。

これこそが、華やかで活気のあるエルレイン王国の裏の顔だ。

「……」

ふと、アルは足を止めた。

彼の視線の先には、民家の影で体を丸める少年の姿があった。

五歳程度といったところだろうか。

汚れたボロボロの衣服を身にまとい、そこから飛び出した腕や足にはほとんど肉がついていない。

わずかに上下する体はまだ呼吸をしているが、それがいつ止まってしまってもおかしくない状態であることは、誰もが理解できることだろう。

「……おい」

アルが声をかければ、少年はかろうじて顔を上げる。

その目にはすでに生気がなく、アルのことが見えているかどうかすら怪しい。

「聞こえているか？」

「……おにいちゃん、だれ？」

「ただの通りすがりだ」

アルがそう答えると、少年はまたすぐに俯いてしまう。

もはや喋《しゃべ》る気力どころか、顔を上げていることもできないのだろう。

（一時的な解決にしかならないが、放置しておくわけにもいくまい）

少年の側で膝をついたアルは、そっと彼の体に手を添える。

（魔力を性質変化させ、栄養としてこの子供の体に流し込む）

アルの手から、ゆっくりと少年の体に魔力が流れ込んでいく。

魔力の性質変化――。

それは質量を持たないエネルギーである魔力を、魔法の力で様々な物質に変換する技術である。

例えば水の魔法を用いることで、魔力を水分に変換。

体内で出来上がった水分をそのまま吸収すれば、水を飲まずとも生きていくことが可能になる。

もちろん加減を間違えれば、大量の水が体内に突然現れることになり、最悪の場合体が弾け飛ぶ可能性もある。

アルはいともたやすく性質変化を行っているが、高等技術であることは間違いない。

さらに付け加えるのであれば、単純な構造である水へと変化させるだけならまだしも、人体に必要な栄養素に変換するのは如何《いか》に優秀な魔法使いであっても困難だ。

周囲にいる人間は魔法の知識を持たない者ばかりであるため、彼が今成し遂《と》げようとしている偉業に気づくことができない。

こうして彼は、机上の空論であったはずの技術を実に呆気《あっけ》なく現実にしてしまった。

「あ……あれ？」

少年の体に流れ込んだ栄養素は、瞬《また》く間にその体を再生していった。

肌には艶《つや》が戻り、脂肪がつき、内臓がきちんと機能し始める。

そうして健康体になった少年の目には、光が宿っていた。

「どうだ？　もう辛くないだろう」

「うん……！　おにいちゃんがたすけてくれたの？」

「そうだ。俺の中にある栄養をお前に分け与えた」

「よくわからないけど……ありがとう、おにいちゃん」

少年の笑顔を見て、アルは無意識のうちに拳を握りしめていた自分に気づいた。

配下であるゼナやベルフェを貶《けな》された時とは違う、静かに蓄積していく怒り。

（この世界は……人間は、どうしてこうも歪んでいるのだ）

人々の生活を潤わせる資源に限りがあることくらい、アルは理解している。

それと同時に、その大事な資源を一部の貴族たちが独占し、湯水のように使っていることも知っている。

彼らが少しでも他者に分け与えるような行動を取れば。

少しでも助け合うことを考えれば。

魔族がそうだったように、同じ種族としての繋がりを大事にすれば――。

「……お前、毎日腹が一杯だったら嬉しいか？」

「え？　う、うん……」

「そうか。俺もだ」

アルは少年の頭をくしゃくしゃと撫でると、おもむろに空を見上げる。

「今しばらく待っていろ。じきにお前の望みは叶う」

「……？」

その時、一陣の風が吹き荒れた。

少年は眼を守るために、思わず瞼《まぶた》を閉じる。

やがてゆっくりとその瞼を開くと、目の前にはすでに誰もいなかった。

第二話：魔王、らしいことをする

「アル様、失礼を承知で伺わせてください」

「……」

「貴方《あなた》は……本当に、世界を滅ぼすおつもりなのですか？」

フェンリス家の屋敷。

ゼナが用意したアルの部屋には、見慣れた面々が揃っていた。

椅子に腰かけたスラム街帰りのアルと、そんな彼を前にして並び立ったゼナ、ベルフェ、メルトラ。

三人は固唾《かたず》を呑みつつ、アルの返答を待つ。

「ふっ、お前にしては珍しいな。俺のなそうとすることに疑問を持つとは」

「本来の私の立場であれば、何も言わずついていくのが当然でしょう。しかし……

この世界を滅ぼすということに関しては、手放しに賛同しかねます」

不敬など、重々承知であった。

しかしゼナとて十数年の月日をこの世界で過ごした身。

人間の持つ特有の〝情〟を抱いてしまっているのは、決して不自然な話ではない。

無論、アルから強く命令されれば逆らう気持ちは失せる。

故にゼナは知りたかった。

世界を滅ぼす必要性、その理由を。

「まあ、俺も理由は聞きたいっスね。一応、人を導く立場にいるんで……教え子たちを進んで痛めつけるような真似はできるだけ避けたいっス」

「ボクは……多分君たちからすれば滅ぼす側の存在だし、どうしたって君たちに敵うとも思えないし……できれば、戦いたくないなって」

暗い表情の三人に対し、アルは順番に視線を送る。

そして、薄《う》っすらと口角を上げた。

「お前たちの言葉を聞いて、安心した」

「え……？」

「この世界には、愛されるべき者がいる」

椅子から立ち上がったアルは、窓辺に近づき、外の景色を眺め始める。

「大事にされるべき者がいる。救われるべき者がいる。生きるべき者がいる」

「アル、様？」

「しかし、そんな人間たちにとって、この世界は生きやすいと言えるか？」

アルの問いに対し、答えられる者はいなかった。

「スラム街には、ひもじい思いをしている者が溢れている。彼らは権力者から不当な給料で仕事をもらい、かろうじて生《せい》を繋いでいる。それすらもできない者たちは、さらに弱き者たちから強引に奪うことで生きているようだった」

「スラム街にいる連中は、どう扱おうと文句を言う資格はない――そう考える貴族は山ほどいるスから」

「ああ、そうだな。……そして彼ら以外にも、権力や金、血筋にこだわる一部の醜き者たちによって、自身の価値を正当に評価されていない者がいる」

「っ……」

ベルフェたちの背中に、寒気が走った。

アルから感じる、静かに燃える怒り。

彼は決してそんなことはしないと理解しつつも、ここから一歩でも動けば殺されるのではないかと思ってしまうほどの威圧感が、そこにはあった。

「俺が滅ぼすのは……支え合う気持ち、人間の心を失った者たちが作り上げた、この世界の体制だ。すべてを滅ぼし、種族も、性別も、血筋も関係ない……誰もがその働きに応じて正当な評価を得られる世界に作り替える」

アルは振り返り、三人に向けて手を伸ばした。

「ついてこい。俺の目的には、お前たちの力が必要だ」

「アル様……っ！」

ゼナとベルフェはその場に膝をつき、首を垂《た》れる。

「壊楽のゼナ……いえ、ゼナ・フェンリスとして、貴方様に絶対の忠誠を誓います」

「同じく、ベルフェ・ノブロス。あなたの忠実な僕《しもべ》として、この身を捧げるっス」

感情とは無縁だったはずの、魔王アルドノア。

彼は今、自分の中に芽生えた感情《怒り》に従う形で動いている。

そしてその感情が導き出した目的には、配下としても、人間としても従いたくなるほどの、強い魅力があった。

「アル……ボクはどうしたらいい？　君たちの目指すモノに、ボクは役に立てるのかな」

「メルトラ、お前は俺の配下ではない」

「……うん」

「だから……親友として、対等な立場から頼みたい」

「え⁉」

メルトラは、思わず息を呑んでしまった。

何せあの魔王アルドノアが、自分に対して深々と頭を下げているのだから――。

「どうか、俺に力を貸してくれ。お前の存在が必要だ」

「……」

わずかな沈黙が流れた。

それはメルトラが涙を堪え、声を震わせずに済むように、落ち着くまでの時間を稼ぐための一瞬の間。

アルというカリスマ性の塊から必要とされた喜びは、本来寂しがりやな性格である彼女の胸をこれでもかと打ち鳴らしていた。

「……ふふっ、親友から頼まれちゃったら……断れないよね」

メルトラは笑みを浮かべ、アルの肩を摑んで体を起こさせた。

「アルも、ゼナも、ベルフェ先生は……ちょっとまだ立場的に複雑だけど、みんなボクの友達だと思ってる。それに……君たちは〝ボク〟と、〝僕〟を救ってくれた恩人だ。君たちのためなら、なんでもできるよ」

「……ありがとう、メルトラ」

アルとメルトラは、互いに握手を交わす。

それを嫉妬《しっと》によってどこか面白くなさそうな目で見ていたゼナは、咳払いを一つ挟んだ後に口を開いた。

「アル様」

「む？」

「アル様の目的を果たすには、今一つ配下が心もとなくありませんか？」

「いや、お前たちだけで十分――いや、そうだな。まだ足りない」

「はい。そう言ってくださると思っておりました」

アルの頭に浮かぶ、いまだ姿が見えぬ二人の配下。

〝暗楽《あんらく》のバルフォ〟

〝創楽《そうらく》のスキリア〟

彼らはまだ、どこで何をしているのか分からない。

「あまり私の口から言いたくありませんが……あの二人は、アル様の目的に必要不可欠な存在だと考えます」

「俺もそれは同意っス。あと……ボチボチ奴らにも首輪をつけておかないと、さすがに不安になってきました」

不本意であることを隠しもしないが、ゼナもベルフェの言葉に頷いた。

二人のどこか必死な様子を見て、アルはため息を吐く。

「……そうだな。お前たち二人よりも、奴らの方がマイペースであることは事実。いつどこに転生したのかは分からないが、どうせ好き放題生きているんだろうな」

「でしょうね……ま、あの二人は俺の方で本格的に探すことにします」

「よろしく頼む。――さて」

話を一区切り置いたアルは、改めて口を開いた。

「世界を作り変えるにあたり、何から始めればいい？」

「……あ、アル様？　まさかとは思いますが」

「ああ、すまないがノープランだ」

「な、なるほどぉ……」

ゼナの笑顔が引き攣《つ》る。

さて、困った。

アルが何も考えていないということは、配下である自分とベルフェが案を出さなければならないということ。

主を立てるためにも、厄介なことはすべて担わなければならない。

それを理解しているからこそ、ゼナは焦る。

ゼナの役職を一言で表すのであれば、〝戦闘員〟。

知力を尽くすべきことに関しては不得意ではないにしろ、得意とは言い難いのが現実だった。

〝参謀〟としての役割は、やはりベルフェが適任である。

しかし、すでに残りの魔王軍幹部の捜索という役目を背負ったベルフェに頼れば、現状ゼナは何もしていないことになる。

自称もっともアルへの忠誠心が強い者というプライドにかけて、それだけは避けなければならなかった。

「……少々考えるお時間をいただいてもよろしいでしょうか？　不肖《ふしょう》ゼナ・フェンリス。必ずやアル様にお気に召していただける世界革命案を——」

「あ、学園対抗戦に出てみるっていうのはどうかな？」

「メルトラ⁉」

あらゆるしがらみを無視したメルトラの発言に、ゼナは隙を突かれる。

驚きで硬直している間に、アルとメルトラの会話は進んでいく。

「学園対抗戦とはなんだ？」

「毎年勇者祭っていう勇者を称える祭りが世界中で開かれるんだけど、その時に全国の勇者学園の代表選手が集まって、学園ごとの優劣をつける大会が行われるんだ」

「全国？　勇者学園があるのはエルレイン王国だけではないのか」

「うん。このエルレイン王国以外にも、勇者学園ってたくさんあるんだ。勇者レイドが創立に関わっているのはうちの学園だけなんだけど、他の国もそれを模倣《もほう》して独自の勇者学園を設立しているんだよ」

「他国か……そういえば俺は、このエルレイン王国以外にどんな国があるのか知らないな」

アルの言葉にいち早く反応したのは、ベルフェだった。

彼は火をつけた葉巻をひと吸いだけすると、その煙を宙へと吐き出す。

そしていくらか指を動かせば、宙を漂う煙が形を成していった。

「アル様、これがエルレイン王国を中心とした地図です」

煙によって空中に形成された地図。

ちょうど中心に鎮座《ちんざ》する大陸をエルレイン王国とし、ベルフェは説明を続ける。

「国の規模、そして勇者学園の優劣で言えば、我々が今いるエルレイン王国がもっとも優れています。しかしそれに追随する形で迫っているのが――」

ベルフェはエルレイン王国のある大陸から、少し離れた隣の大陸を指差す。

「バルザルク帝国。力こそすべてと考える軍事国家っス」

「……ボク、あんまりその国のこと好きじゃないな。何度かバルザルク帝国の勇者学園生に会ったことがあるけど、自分たち以外のことを常に見下しているっていうか……すごく冷たい印象を受けたから」

「自分たちこそこの世界の頂点、すべてを支配する者――そういう思想があるからな。だから勇者の眠る地として爆発的に栄えたこの国を目の敵にしているし、少なくとも仲は酷く悪い」

複雑そうな表情を浮かべるメルトラと、呆れたような様子を見せるベルフェ。

国勢に疎《うと》いアルはバルザルク帝国というもの自体に興味がなかったが、二人の顔色を見てなんとなくの事情を悟った。

「学園対抗戦はそれこそ各国の代表同士が戦う大会だし、参加する国の数もすごく多いんだけど、大抵はボクらの国とバルザルク帝国の一騎打ちになってるかな。今のところはうちが勝ち越しているけど、かなりギリギリで勝っているって感じ」

「その学園対抗戦に出たとして……俺の目的にはどう役に立つんだ？」

「学園対抗戦に出た生徒は、当然注目されることになる。世界中に名を轟《とどろ》かせることになるからね。一度でも代表戦に出たってだけで、どの国でもかなりの実績として評価されるんだ」

「ほう……」

「ボクが思うに、アルの目的を果たすには君自身の立場を変える必要があると思う。貴族の位をもらえれば手っ取り早く立場の向上が見込めるけど、アルは貴族になりたいわけじゃないんだよね？」

「そうだな。できれば今の俺のまま、世界を変えたい」

「じゃあ、多分この手段しかないと思うよ」

「……なるほど。学園対抗戦の代表生徒になり、この国を優勝に導いた〝英雄〟になればいいのか」

「うん。貴族を差し置いて君が立役者になれば、少なくとも状況は大きく変わると思う」

アルがニヤリと笑う。

注目を浴びるというのはアルの本意とは少しずれるが、この際仕方がない。

世界を滅ぼし、作り変えるというアルの目的を果たすためには、今ある体制をひっくり返せるほどの立場――つまりは〝信用〟が必要となる。

アルだけが変革を訴えたところで、何も変わらない。

力ですべてを一掃してしまうのは簡単だが、ただの侵略者になってしまっても意味がない。

アルはまず、自分の意見を押し通せるだけの、戦闘力とは違う力を手に入れる必要がある。

「よし、では手始めにその学園対抗戦に参加することにしよう。そのためには何をすればいい？」

「むっ、そこからは私が説明させていただきましょう！」

メルトラの説明が一区切りついたのをいいことに、ゼナは嬉々《きき》として手を挙げる。

ようやく役に立てると意気込む彼女の事情などつゆ知らず、アルは冷静に先を促した。

「代表生徒は、基本的に参加表明を出した者たちを審査によって選別し、最終的に三人になるように選抜します」

「三人か……思ったよりも少ないな」

「私たちが目指すべき形は、アル様、そして私とメルトラが選抜されることでしょう。メルトラも実力を伸ばしていますし、総合能力的に考えればさほど難しい話ではないと思いますが……」

「……いつもの立場的障害か」

「ええ、その通りです。エルレイン王立勇者学園では、毎年学年と位の高い生徒が選抜メンバーになっています。血筋がそのまま実力に反映されている今の環境だからこそできる選抜方法ですね。……もちろん私たちにとってはいい状況とは言えません」

「だろうな。お前たちは血筋という条件はクリアしているからまだ希望はあるだろうが、俺が選抜入りするのはかなり困難なはずだ」

「はい……」

ゼナは素直に頷いた。

なんといっても、アルは元魔王であるということに反して平民という立場にいる。

現在のエルレイン王国はどう角度を変えても血筋至上主義。

平民という立場である以上、正攻法では何をやっても上には行けない。

「それに加えて、今年は三年生に四大貴族の一角、ベイルランド家の一人息子がいますから」

「ベイルランド……四大貴族ということは、お前たちと同じ立場か」

「はい。さらに三年生ということもあって、彼の選抜入りはまず間違いありません。残りの二人も、彼の側近から選ばれる可能性が濃厚です」

「ふむ……何かそれを覆《くつがえ》す手段は？」

「……確実とまでは言えませんが、ベイルランド家の者を決闘でくだすのがもっとも良い手段だと思います」

決闘。

それは学園内でも揉め事が発生した際に、解決方法の一つとして用いられるもの。

互いが要求を提出し合い、勝った者の要求のみが叶えられることになる。

弱肉強食の世の中を体現したような、学園ならではのルールだ。

「アル様の要求は、代表生徒枠を明け渡しになるでしょう。とはいえベイルランド家の者に勝てば、実力順でアル様が選抜されるのは当然の話になると思いますが

「……」

「問題は、そのベイルランドの者が決闘を受けるか否か、と言ったところか」

「相手からしたら、決闘を受ける理由がありません。なのでアル様もそれなりの対価を用意しなければならなくなるでしょう」

「対価、か」

アルは自分にできることを思い浮かべるが、大方のことはできてしまうが故に考えても無駄であるということに気づいた。

ベイルランド家の者が要求したくなるような、代表生徒枠を天秤にかけられるほどに価値がある物。

それを確かめるための、簡単な方法がある。

「——そのベイルランドの者に、直接聞いてみよう。素直に答えてくれるかどうかは分からないが」

「そう、ですね……確かにそれが一番手っ取り早い方法かと」

まだ、ベイルランド家の者が代表生徒に選ばれたというわけでもない。

様々な確認事項は一旦後回しにして、彼らは今日のところは解散することにした。

翌日のこと。

学園へと登校したアルとゼナは、相変わらずFクラスの教室にいた。

Aクラスとのクラス間決闘に勝利した二人だったが、当時のAクラス担任であるブレイン・ブランシア——もとい古《いにしえ》の勇者パーティのメンバー、賢者クロウリーの犯罪が暴かれたことによって、その日に起きた彼が関わっていた事柄の結果はすべて有耶無耶《うやむや》になってしまったのである。

故にAクラス、Fクラスの人間は、そのままの状態で日々を過ごしていた。

アルたち以外のFクラスの者たちの日常で、少し変わった部分があるとすれば、それはAクラスの人間であるはずのメルトラ・エルスノウがよく遊びにくるようになったことくらいか。

「二人ともお疲れー」

いつものようにFクラスの教室へとやってきたメルトラは、アルとゼナのいる机の方まで歩み寄ってくる。

Ｆクラスの者たちは、この三人の側には近づかない。

彼らのことを憎んでいたり、嫌っているわけではないのだが、なんとなく恐れ多くて近づけないのだ。

特にＡクラスのメルトラは、まだ彼らにとっての危険人物。

下手に機嫌を損《そこ》ねれば、自分たちを奴隷扱いしてくるようになるかもしれない。

アルが変えようと思っている文化は、かなり根強いのだ。

「怖がられていますね、メルトラ」

「ははは、仕方ないよ……ボクは散々無害だってアピールしているつもりなんだけど、いまだにボク以外のＡクラスの連中は優しくないからね。アルに負けて鼻っ柱はへし折られたはずなんだけどなぁ」

「一対一で再起不能にまで追い込まれたならともかく、集団で負けたという時点で責任が分散します。自分が負けたわけじゃない……そう考えることで、プライドを保とうとしているのでしょう。……まったく、無駄なことを」

「ま、それに関してはボクも同意かな。負けたことを認められない人間は、足が止まってしまうってボクは思うから」

「あら、意外と意見が合いますね」

「ボクは前からゼナとは気が合うって思ってたよ」

会話の内容はともかくとしても、楽しげに談笑する二人を見守っていたアルの口角は、わずかに上がっていた。

慣れたと思っていたが、やはり自分の配下である存在と人間が談笑しているというこの状況が、彼にとっては少々異質なものである。

しかしそれは悪いという意味ではない。

アルにとってそれは、喜ばしいことの一つ。

疑似《ぎじ》的にとはいえ、魔族と人間が仲睦《むつ》まじい姿を見せているのだ。

これが喜ばしくないわけがない。

「あれ、どうしてアル笑ってるの？」

「ああ、なんでもない。それよりも、これからのことだ」

「そうだね……ベイルランド家の人に声をかけに行くんだっけ」

彼らの目的は、ベイルランド家の者に交渉しに行くこと。

十中八九話し合いで解決することはないが、それでも確認しないことには始まらない。

「あれから詳しく調べましたが、そのベイルランド家の者の名は、ヴォルグ・ベイルランド。三年のＡクラスで、現時点の勇者学園では最強と呼ばれています」

「最強か……」

「元々四大貴族の人間は、当然のように才能に恵まれています。エヴァンス・レッドホークも才能には溢れていましたが、努力も、経験も不足していました。しかしこのヴォルグという男は違う……」

ゼナがそう説明した時点で、ただ者ではないということがアルには理解できた。

「主への進言としては些《いささ》か不適切かと思われますが、決闘になった際は、どうか油断なさらず……貴方様の体に傷がつくことを、私はよしとしません」

「分かっている。お前の進言はどんなことでも聞くさ」

「ふふっ、ありがたきお言葉」

「……よし、ではそろそろ行くか」

廊下に出るアルに続き、ゼナもメルトラも教室を後にした。

そして三人は階段を上がり、三年生の廊下へとたどり着く。

三年生と一年生では、ネクタイの色が違う。

故に廊下にいる生徒たちは、一年生のネクタイを揺らしながら歩く彼らに訝《いぶか》しげな視線を送った。

しかし、変に絡んでくることはない。

それはひとえにゼナとメルトラがいるからであり、たとえ相手が三年生であっても、四大貴族という時点で下手に逆らえないのだ。

二人という強靱《きょうじん》な盾に守られながら、アルはAクラスの教室の前に立つ。

そして扉を開け、中に足を踏み入れた。

「おい、ヴォルグ・ベイルランドはいるか」

あまりにも礼儀を知らない登場に、教室の中が騒然とする。

それを知ってか知らでか、アルはズカズカと踏み込んで行った。

「ヴォルグ・ベイルランド、いないのか。俺たちはお前に用がある」

「――ずいぶんと、礼儀がなっていない一年生だね」

教室の端っこの方で、少しくすんだ色の金髪を持つ男子生徒が立ち上がった。

彼はアルの前にまで来ると、その目を睨みつけてくる。

「僕がヴォルグ・ベイルランドだ。君は……どこの誰だい？」

「俺はアル。一年のFクラスに所属している」

「Fクラス？　道理で礼儀の一つもできていないと思っていたよ」

ヴォルグがそう言えば、クラス中から嘲笑が上がる。

ゼナもメルトラも少なからず苛立ちを見せるが、アルは一切そんなことを気にしていない様子で言葉を続けた。

「今年の学園対抗戦の選抜メンバーに、お前は選ばれているのか？」

「は？　いや、まだだけど……ま、僕が選ばれないということはないだろうね。この学園で僕より強い人はいないし、血筋としても四大貴族の僕よりも上になる人間はいないから」

ヴォルグの視線が、アルの横に控えていたゼナとメルトラへと注がれる。

「おやおや、誰かと思えばフェンリスとエルスノウの娘たちじゃないか。どうしたんだい？　こんなところまで来て」

「……私たちはそこにいるアル様の付き添いです」

「君たちがこんな薄汚い平民の付き人？　冗談じゃないのか？」

「薄汚い……？」

ゼナの額に青筋が浮かぶ。

今にも目の前の男を惨殺しかねない彼女の気配を感じ取り、メルトラは慌ててその腕を押さえにかかった。

「ま、まあまあ！　ヴォルグ先輩！　少し話を聞いてもらえませんか⁉」

「ふん、まあ君たちのような可愛い子に頼まれるのはやぶさかではないけれど……」

ゼナの腕を押さえつつ、メルトラはホッと息を吐く。

まだまだ鬱憤《うっぷん》は晴れていなさそうだが、ゼナの殺意が少しだけ薄れた。

「それで、僕が選抜メンバーだったらどうだって言うんだ？」

「単刀直入に言う。俺にその代表枠を譲れ」

「……自分が何を言っているのか分かっているのか？」

今度はヴォルグの額に青筋が浮かぶ番だった。

直後、先ほどまでヴォルグがいた教室の隅から、二つの影が飛びかかってくる。

当然アルはそれに反応していたが、あえて動こうとはしない。

二つの影は、アルに向けて〝剣〟を振り下ろす。

「……あまりにも物騒《ぶっそう》ですね」

「それ君が言う？」

二つの影の攻撃を防いだのは、ゼナとメルトラ。

ゼナは魔力強化を施した腕で、メルトラは顕現《けんげん》したソウルディザイアでその剣を受け止めていた。

剣を振り下ろした二つの影の正体は、赤髪の女と、青髪の女。

彼女らはヴォルグに手で制されると、そのまま彼の隣にまで下がる。

「よく二人の一撃を防いだね。メアとボリー、二人の実力は僕に次ぐレベルなのに」

メアと呼ばれた赤髪の少女、ボリーと呼ばれた青髪の少女。

ヴォルグの隣に立つ二人は、鋭い目つきでアルを睨んでいた。

「アル様を睨むとは不敬な……」

「それはこちらのセリフ。ヴォルグ様に近づくな、一年生ども」

ゼナとメアの視線がぶつかり、火花が散る。

両者共に退けない状況になりつつあるのは明確だった。

「……先輩方、学園内で許可のない武力行使はご法度《はっと》ですよ。今すぐ剣を納めてはどうですか」

メアとボリーを警戒しつつ、メルトラは冷静に指摘する。

しかし正論を告げられたはずのヴォルグは、堂々と高笑いを上げた。

「ははははは！　馬鹿だなぁ、君たちは！　一体どこの誰が武器を携帯しているんだい？」

「は⁉　だ、だってその二人が……」

メアとボリーは、いまだに剣を手に持っている。

どう見ても言い訳はできない状況だった。

「そう言っているのは君たちだけだろう？　誰も武器なんて持っていないよなあ⁉」

ヴォルグが周囲に呼びかける。

するとそこにいた生徒たちから、嘲笑が漏れた。

自分たちが嘲笑《あざわら》われていることに気づいたメルトラは、奥歯を噛み締める。

(そうか……ここにいる人たちは皆ヴォルグの味方なんだ)

ここは自分たちにとってのアウェー空間。

メアとボリーがいくら剣を振ったところで、ここにいる者たちは〝何もなかった〟と答えるだろう。

反対にメルトラたちが暴れれば、すぐに教師に連絡が行って処分を要求してくるはずだ。

状況が悪いことは明らか。

メルトラの額に冷や汗が浮かぶ。

「……大丈夫です、メルトラ。アル様がいればすべて問題ありません」

「こ、この状況でも⁉」

驚くメルトラをよそに、アルはヴォルグに対し一歩詰めよる。

「そこにいる二人も選抜メンバーか？」

「だから、まだ決まっていないと言っているだろう？　……ま、僕が選抜メンバーに選ばれた際は、残りの二人は彼女たちじゃないと認めないけどね」

ヴォルグが頭を撫でれば、メアとボリーは気持ちよさそうに目を細める。

それを見る限り、二人がヴォルグの〝モノ〟であるということは明らかだった。

「君は知ってるかい？　学園対抗戦に選抜されることがどれほどの名誉か」

ヴォルグは悦《えつ》にひたったような態度で言葉を続ける。

「特にこのエルレイン王立勇者学園から選抜されることが重要なんだ。ベイルランド家の者として、君のような薄汚い平民に譲ってやることなんてできないね」

「……そうか」

アルはそうこぼしつつ、一度目を伏せた。

「譲ってもらえないのであれば、仕方ない」

「ッ⁉」

目を見開いたアルと目が合った次の瞬間、ヴォルグの背中に寒気が駆け抜けた。

まるで敵《かな》うはずのない化物を前にしたかのような、圧倒的な威圧感。

数秒間という僅かな時間だが、ヴォルグは意識しなければ呼吸できないほどの緊張に包まれた。

「俺の要求は、お前たちが代表生徒に選抜された時、その枠を俺たちに譲ること。もちろん無条件でとは言わない。俺たちと決闘を行い、その勝敗次第で要求を呑んでもらう」

「……ぼ、僕らに決闘を受けるメリットがない。そんな要求が呑めるわけないだろ」

「メリットか、今それを提示してやろう」

「え？」

その瞬間、ヴォルグは自分の胸を刃が貫く感触を覚えた。

それは隣に立っていたメアとボリーも同様であり、とっさに自分の胸元に視線を落とす。

しかし、そこには刃など存在しなかった。

「断れば、お前たちを殺す」

「は……!?」

驚きの声を上げたのは、メルトラだった。

あるはずのない武力行使という選択肢。

それが今実行されようとしていることに、彼女は驚いたのだ。

ただその驚きは、アルの横顔を見たことによってすぐに治まる。

（ああ、なるほど……そういうハッタリね）

そう、アルの言葉は、すべてハッタリでしかない。

少なくともアルは本当に彼らを殺すつもりなどなく、あくまでも今の一連の流れはすべてただの脅しでしかなかった。

しかしアルほどの力と威圧感があれば、殺気を当てることなど雑作《ぞうさ》もない。

発言は嘘だが、ヴォルグたちからは本当に自分たちが殺されるビジョンが見えたことだろう。

「ヴォルグ、この先お前は、きっと様々な栄誉を手にすることだろう。四大貴族という恵まれた立場に加え、才能まで持ち合わせている。誰が見ても、華やかな将来が待っている」

「……っ」

「だが、それはすべてお前が生きていたらの話だ」

アルは踵《きびす》を返し、ゼナとメルトラを連れて教室の出口へと向かう。

彼らを退室させないために扉を守っていた生徒たちは、先ほどアルが放った殺気に気圧《けお》され無意識のうちに道を開けてしまった。

そうしてできた道を堂々と進むアルは、最後にヴォルグの方へと振り返る。

「何も無理やり将来を奪おうって話じゃない。お前が馬鹿ではないのなら、大人しく決闘を受けてくれると信じている」

その言葉を最後にして、アルは三年Aクラスの教室を後にした。

廊下を引き返している間、教室からかなり離れたことを確認したメルトラは、ようやく胸を撫でおろす。

「ふぅ……ボクびっくりしたよ。まさかあんな脅しをアルが使うなんて」

「少しは魔王らしい部分も見せておこうと思ってな。事前の打ち合わせもなくて悪かった」

「ボクのことはいいけど……あれで話に乗ってくれるかな」

その問いかけに、ゼナが答える。

「おそらく乗ってくるでしょう。彼らの安いプライドであれば、あそこまで怯えさせられてそのままにしておくわけがない」

「安いプライドって……」

「考えてもみなさい。あの場にいる誰もがアル様の殺気に気圧され、何もできなかった。ヴォルグとしては赤っ恥。周りの者たちだって、ヴォルグが私たちを叩きのめすことを望んでいる。そこでもしも彼らが怖気《おじけ》づいて決闘を拒否すれば、Aクラス内での序列は地の底に落ちる」

「……そうだね、それはそうだ」

「だからヴォルグは必ずアル様の決闘の願いを受け入れる。受け入れるしかない。さすがはアル様、完璧なシナリオです」

恍惚《こうこつ》とした表情を浮かべるゼナの横で、メルトラは苦笑いを浮かべる。

確かに、貴族の悪い癖を利用したいい作戦だったとは思う。

ただあまりにもゴリ押しだったというか――これに関しては魔族のよくないところが出ていた。

ベルフェや〝暗楽のバルフォ〟が関わればちゃんとした作戦が実行されるのだろうが、アルとゼナしかいない場合、巧妙な作戦などあり得ない。

何故ならば、大抵のことが腕力でどうとでもなってしまうから。

アルの脅しというのは実に魔王らしい手段に思えるが、実際はそれしか手段を知らないだけである。

そしてゼナは基本的にアルを全肯定してしまうため、それを指摘することができない。

故にここでツッコミを入れられるのはメルトラだけなのだが、残念ながら歴が短かった。

今後に期待である。

「種は撒《ま》いた。あとは時が来て、収穫を待つのみだ」

そう告げて、アルはいつになく魔王らしい笑顔を見せた。


そして、一週間後。

ヴォルグ・ベイルランド。

メア・スカーレット。

ボリー・ブルーノット。

この三名がエルレイン王立勇者学園より選抜されることが決まった。

第三話：魔王、奪い取る

「これより！　ヴォルグ・ベイルランド、そしてその一派対、アルとその一派による決闘を執り行う！」

決闘場の中央で、審判役の教師が宣言する。

観客席はほぼ満員。

これまでのアルは一年生とばかり争ってきたが、今回は三年生が関わっている。

観客は当然一年生だけに留まらず、三年生、そして二年生までもが勝敗を見届けに来ていた。

「勝負は三対三形式。対戦の順番などは作らず、先に相手を全滅させた方の勝利とする。戦闘不能の判断は胸元のエンブレムの有無。一定以上のダメージを与えられ、エンブレムを破壊された者は退場となる。質問がある者はいるか？」

「僕は問題ありません」

「俺もだ」

リーダー格である二人がそう返事をすると、教師はその場から半歩下がった。

「質問がなければ、両者所定の位置へ」

指示通りお互いは距離を取り、所定の位置に立つ。

距離にしておおよそ二十メートルといったところ。

周囲の独特な緊張感を肌で覚え、メルトラは思わず唾《つば》を飲んだ。

（……三対三の決闘、ボクには初めての形だ。セオリーは複数人で一人を潰すことなんだろうけど――）

開幕早々コンビネーションで攻撃を決めれば、相手を一人落とすことができる。

そうすれば三対二。

圧倒的に有利な状況を作り出すことができる。

（でもそれは相手も同じ考えのはず。となると、次の戦法は一対一の状況を作ること）

アルとゼナが負けるとは考えにくい。

それぞれが一対一の状況さえ作れれば、確実に自分たちが勝利する。

メルトラ自身、自分が負けることは考えていないが、確実に勝てるとも思っていない。

何故ならば相手は三年生の四大貴族と、その彼にお墨付きをもらっている同じ三年生の先輩たち。

一年生のAクラスとは桁違いの実力を持っている連中だ。

いまだ一般的な価値観を持つメルトラとしては、十分恐ろしい敵である。

「……大丈夫だ、メルトラ」

そんな彼女に、アルが声をかけた。

「お前は強い。自信を持て」

「そ、そう言ってもらえるのは嬉しいけど……」

「だが……だからこそ、お前には謝らなければならない」

「え？」

「お前に自信をつけさせてやりたいところだが、この決闘に俺とお前の出番はなさそうだ」

メルトラは、視線をゼナに送る。

そこに立つ彼女は、ただ笑みを浮かべていた。

それが妙に恐ろしくて、メルトラは思わず身震いする。

「さて、敵に挨拶でもするか」

そう告げて、アルは前に立つヴォルグたちを挑発するかのように肩を竦《すく》めた。

「……君の望み通り、決闘を受けてやったよ」

「ああ、やはりお前でも命は惜しかったか」

「馬鹿を言うな！　君のことなんて眼中にないんだよ！」

「ほう？」

「僕らの目的は、そこにいるゼナ・フェンリスとメルトラ・エルスノウを倒すこと。学園対抗戦に向けての、ちょうどいい箔《はく》になると思ってさ」

ヴォルグは狡猾な笑みを浮かべ、そう言い放った。

「もちろん、蹂躪《じゅうりん》させてもらうよ。僕らに喧嘩を売ったことを後悔させて、特大の恥をかかせてやる。――そうだな、これから僕らが卒業するまでの間、毎日校門の前で裸になり、僕らに挨拶しろ」

「面白い要求だ。いいだろう。俺たちが勝ったらお前たちの選抜メンバー枠をもらい、お前たちが勝ったら、俺たちは毎日裸で出迎え。それでいいな？」

「ふっ……必ず後悔させてやる」

まさに一触即発の空気。

そしてついに、その火蓋《ひぶた》は切って落とされた。

「それでは――始め！」

剣を抜いたメアとボリー。

ヴォルグは素手《すで》ながらに構え、いつでも魔法を撃てる準備を整えた。

そんな彼らに、アルは背を向ける。

「なっ……君は何をしているんだ！」

「俺のことは眼中にないのだろ？　ならば最初から手を出さないでいてやる」

ヴォルグたちも、そして観客も、審判も、誰もが信じられないものに向ける目でアルを見ていた。

それらを一切無視し、アルはヴォルグたちから大きく距離を取る。

メルトラを連れて――。

「ちょっ、ほんとにボクまで下がらせるの⁉」

「ああ、十分だからな」

「十分って……」

アルは、一人残ったゼナの背中に向けて告げる。

「五分でどうだ、ゼナ」

「御冗談を。三分で十分です」

「殺しては駄目だぞ」

「はい、抜かりなく」

ゼナは手のひらをヴォルグたちに向け、手招きする形で挑発する。

「さあ、いつでも」

「――っ！　この僕をおちょくるな……！」

ヴォルグはその両手を地面につく。

するとゼナの足元に魔法陣が展開し、突如として地面が盛り上がり始めた。

「〝グランドウォール〟！」

ゼナを囲むようにして出現した、巨大な土の壁。

空いている場所は、正面だけ。

そしてその空いている部分の先で、メアが突きの構えを取る。

「エルレイン流剣術、三ノ型――〝一角〟ッ！」

剣を用いた、突進による突き。

本来この技は、左右に避けられることに弱いはずだった。

しかし現在、ゼナの左右、そして後ろは土の壁によって塞《ふさ》がれている。

ヴォルグとメア、またはボリーによる連携技。

避けようのない、不可避の一撃。

たとえ剣や盾で受け止めることができたとしても、日々鍛え続けたメアの一撃は対象を土の壁に叩きつけ、そして圧し潰すことだろう。

相手が、ゼナでなければの話だが。

「わざわざ突っ込んできてくださりありがとうございます」

「ッ⁉」

メアの表情が驚きで硬直する。

ゼナは彼女の神速の突きを、指で挟んで受け止めていた。

摑まれた剣はぴくともしない。

そう認識した直後、メアの視界は自分の意思とは関係なく空に向いていた。

「まずは一人」

メアの顎を蹴り上げたゼナが、そう呟く。

次の瞬間、メアの胸元のエンブレムが砕け散った。

今の一撃——仮に守護のエンブレムがなかったと想定すると、メアの首は間違いなく消し飛んでいたはず。

それを理解してしまったからこそ、メアは精神に強い負荷を覚え、ダメージとは関係なくその場に崩れ落ちた。

「あら、私としたことがこんなに足を振り上げて……恥ずかしい」

白々《しらじら》しく言い放ち、ゼナはスカートを押さえながら、蹴り上げた足を元に戻す。

「め、メアが……一撃⁉ そんな、私たちの必殺の連携が……」

「っ！ まだだ！ 行くぞ！ ボリー！」

「は、はいっ！」

再び地面に手をついたヴォルグ。

すると今度は彼の周囲に魔法陣が広がり、地面が盛り上がると同時に巨大な岩を構築していく。

「〝グランドバースト〟！」

放たれた巨大な岩石たち。

真っ直ぐ自分に向かってくるその攻撃を見て、ゼナはため息を吐く。

「はぁ……この程度でどうにかできると思われているのも些《いささ》か怒りを覚えますね」

岩石をかわし、時に蹴り砕く。

当然ながら、ゼナにこの程度の攻撃が効くはずもない。

しかし、この攻撃の本質はそこではなかった。

遠目でゼナを見ていたメルトラは、すぐにそれに気づく。

「っ！　ボリーがいない……！」

メルトラのその声は、ゼナにも届いていた。

とはいえ、ゼナは岩石が飛んできた時点ですでにそのことに気づいている。

彼女の目が泳いでいるのは、当のボリーを捉えるため。

しかし——。

「捉えたぞ、ゼナ・フェンリス」

「っ！」

ボリーの方が、先にゼナを捉える。

ゼナに向かって振り下ろされる剣。

岩石たちが発射された瞬間、ボリーはその岩の一部に摑まり、ゼナとの距離を一気に詰めていた。

岩陰という死角を利用した、攻撃と接近を同時にこなす、ヴォルグたちの連携技である。

タイミング、角度共にこれ以上はない一撃。

狙うはゼナの首。

その鋭い刃が、皮膚にめり込む――。

……はずもなく。

「いい連携でしたが、次は殺気を隠す訓練もした方がいいですよ」

「なッ⁉」

頭を少し傾《かたむ》けたことで、刃はゼナの真上を通過する。

その際彼女の髪の毛が数本宙を舞ったが、起きたことはそれだけだった。

〝壊楽のゼナ〟は、戦闘に特化した魔族である。

純粋な身体能力、そして魔力強化に優れ、あらゆるものを力技で粉砕してきた。

耐久性ももちろん高水準であり、魔王アルドノアほどではないが、この世に彼女を傷つけることのできる武器など片手で数えられるほどしかない。

しかしそれ以前に、彼女には驚異的な危機察知能力があった。

自分に向かってくる危険な臭い、それに対応するための反射神経。

ほとんどの人間がかわせないはずの攻撃も、ゼナであればギリギリまで引きつけた上で避けることができる。

「っ！　ボリー！　下がれ！」

「もう遅いです」

本当の寸前まで引きつけられてしまったボリーに、それを避ける余裕は一切ない。

ゼナの繰り出した拳。

それは深々とボリーの腹部にめり込んだ。

「ぶっ――」

「二人目」

ボリーの脳内を横切る、自分の内臓が破裂したと錯覚するような強烈なイメージ。

そしてそれはあながちただのイメージではない。

先ほどのメアと同じく、もしも守護のエンブレムがなければ、彼女の体はイメージと同じ末路《まつろ》を迎えていた。

当然のようにエンブレムが弾け飛び、ボリーはその場に崩れ落ちる。

「ここまでで一分半と言ったところでしょうか。残りはあなた一人……どうやら三分もいらなかったみたいですね」

「ふ、ふざけるなッ！」

怒りと動揺で声を震わせながら、ヴォルグは胸の前で両手を組み合わせる。

するとその手を包み込むように光が灯り、やがてそれは強い輝きへと変化した。

「〝グランドゴーレム〟!」

光り輝く両手を地面につけば、再び地面が大きく盛り上がる。

そしてその地面は形を大きく変え、巨大な人型となった。

「巨人よ! 目の前の敵を圧《お》し潰せ!」

ヴォルグの指示を受け、巨人がその大きな拳を振り上げる。

「はぁ、面倒なものを……」

ため息を吐きつつ、ゼナはその拳が振り下ろされる場所から離れる。

しかし人ひとりを容易く包み込めてしまうほどの巨大な拳が地面に叩きつけられたことで、大きな揺れが発生した。

いくら肉体が強靱だったとしても、足元自体が揺れていては姿勢を保つことは難しい。

その隙を、ヴォルグは逃さなかった。

「今だ! 薙《な》ぎ払え!」

地面を抉りながら、拳がゼナへと迫る。

足場が不安定であるが故、もはや身体能力も反射神経も関係ない状況。

ただ、それもやはり——相手がゼナでなければという話である。

「舐められたものですね……っ！」

ゼナはあえて姿勢を崩し、宙に足を投げ出した。

傍から見れば、彼女が突然地面に仰向けで倒れ込もうとしているように見えただろう。

それは半分正解で、半分間違い。

ゼナはそこから大きく体を捻り、超低空ながら浮いている状態を作り上げた。

そして強力な魔力強化を足に施し、体を捻《ひね》った勢いをそのままに巨人の腕へと叩きつける。

轟音《ごうおん》と共に弾け飛ぶ巨人の腕。

突如として片腕を失った巨人を見て、ヴォルグは唖然《あぜん》とした表情を浮かべる。

「な、何が……」

後ずさりするヴォルグと同じく、今の攻防に驚いている者がいた。

それはアルの隣で戦いの行方《ゆくえ》を見守っていた、メルトラである。

「ぼ、ボクも何が起きているのか分からないよ……今の絶対に直撃してたよね？　それなのになんでゴーレムの腕の方が壊れたの⁉」

「なんてことはない。地面が揺れて踏ん張れないのであれば、地面から足を離せばいい。そうすれば体の捻りだけで蹴りを放つことができる」

「……意味が分からないよ」

「安心しろ。すぐにお前も理解できるようになる」

「ほんとかなぁ……」

実際のところ、不可能ではない。

現状人間の体になってしまったゼナでも、魔力強化を施す形で今のように動ける。

つまり理論上では、メルトラでもできるのだ。

(ただ……あれを反射的に放てるようになるには、数十年単位の実戦経験が必要だが)

不安定な足場なら、むしろ利用しないと考えるその判断能力。

迫りくる物体に空中でも蹴りをぶつけるだけの当て勘。

それらもすべて、ゼナならではのものだった。

「――さて、終わりにしましょう」

「ま、まだだ！　まだ僕のゴーレムは残っている！」

ヴォルグの言う通り、巨人は片腕を破壊されただけでいまだ健在。

その大きさ、そして圧倒的なパワーがあれば、たとえ片腕しかなかったとしても十分な脅威となり得る。

相手が、ゼナでなければの話だが。

「やれ！　ゴーレム！　その女を捻りつぶせぇぇぇぇ！」

「喚かないでいただけます？　少々喧《やかま》しいですよ」

再び繰り出してきた巨人の拳をかろやかにかわしたゼナは、その巨人自身の体を足場として宙を舞う。

その位置は巨人よりも高く、誰もがその無駄のない動きに魅了された。

そしてゼナは、魔力強化を施した足を思い切り振り上げる。

「〝魔脚落とし〟」

いわゆる、かかと落とし。

その一撃は巨人の脳天を捉え、一瞬にして頭部を粉砕した。

それだけに収まらず、巨人の体にも大きな亀裂《きれつ》が走る。

やがて巨人の体は、瓦礫《がれき》の崩れるような音を発しながら粉々に砕け散った。

「ご……ゴーレムが……僕の最強の魔法が……」

「これがあなたの最強の魔法ですか。あの研究バカの百分の一にも満たないですね」

「は⁉」

研究バカとは、もちろんベルフェのことである。

ベルフェの土魔法によって生成されるゴーレムは、彼自身の魔改造によって桁違いのパワーとスピードを持ち、体躯も城を容易く破壊できるほどの規模になっていた。

それの戦闘実験として付き合わされていたのが、ゼナである。

彼女からすれば、この程度のゴーレムは赤子——いや、虫同然だ。

「もうじき三分ですね」

「っ！　く、クソォォ！」

ヴォルグが石の礫《つぶて》をゼナに向けて放つ。

しかしそんなものが彼女に通用するわけがない。

礫をかわしつつ軽やかに地面を蹴ったゼナは、一瞬にしてヴォルグとの距離を詰める。

そしてその胸元目掛け、ゼナは神速の蹴りを放った。

空気が爆《は》ぜる音と共に吹き飛んでいくヴォルグ。

守護のエンブレムがある以上肉体的ダメージはないが、あまりの衝撃に彼の体には微弱な痺《しび》れが走っていた。

「馬鹿な……！　こ、こんなはずでは……」

地面を転がったヴォルグの胸元のエンブレムが、音を立てて砕け散る。

その瞬間、勝敗は決した。

「しょ、勝者！　アル！　ゼナ・フェンリス！　メルトラ・エルスノウ！」

『お――おおおおぉぉぉぉぉおお！』

彼らを歓声が包み込む。

アルがエヴァンスに勝った時はそんなもの上がらなかったが、勝者がゼナとなれば話は別。

四大貴族で確かな信用を勝ち取っている彼女は、貴族たちにとっても祝福しやすい存在なのだ。

「すごい……本当に三分以内に勝っちゃった」

「ゼナであれば当然だ」

自分のことのように自慢げに胸を張るアルを見て、メルトラは微笑ましい気持ちになった。

そんな二人の下へ、戦いを終えたゼナが歩み寄ってくる。

途中まではすまし顔の彼女だったが、アルに近づいてくるにつれてその頬は緩んでいき、やがて溶け切ったような顔になってしまった。

「えへへ、三分以内に勝ちましたよ、アル様！　褒めてくださいますか？」

「ああ、いいものを見せてもらった」

「はうっ」

アルは褒美としてゼナの頭を撫でる。

すると彼女の顔はこれでもかというほどとろけていき、傍から見ていたメルトラを少々引かせることになった。

（人の顔って、あんな風になることあるんだ……）

また一つ、新たな知識を得たメルトラであった。

◇◆◇

「選抜生徒に平民がいるとはどういうことだ！」

円卓状になった職員会議室に、一人の教師の怒号《どごう》が飛ぶ。

選抜メンバーの管理をしていた担当の教師たちは、その言葉に何も言い返すことができない。

「……はぁ、選抜メンバー入りしたヴォルグ・ベイルランド、そしてメア・スカーレット、ボリー・ブルーノットの三名が、一年生の三名に決闘で敗北し、その資格を奪われたそうですよ」

「ベイルランドが負けた⁉　そんなはずがないだろう！」

怒号の教師は、再び周囲に吐き散らす。

しかし再び誰も声を上げない。

その様子を見て、怒号の教師も事態の深刻さをさらに理解することになる。

返答がない、つまり、今の話はすべて真実ということだ。

「……これは由々《ゆゆ》しき事態だぞ。伝統ある我が学園から平民を選抜したとなれば、ありとあらゆる学園からの評価を下げることになる」

「そうですね……こうなっては、無理やりにでも選抜メンバーの資格を没収してしまうのはいかがでしょう？　素行《そこう》不良など様々な悪事を捏造《ねつぞう》してやれば、資格を他者に移すいい口実になるのでは？」

「それしかなさそうだな……この際残りの二人はいい。彼女らも四大貴族の家系なのだろう？　一年生というのは気になるが、四大貴族関係者を無理やり退《ど》かすわけにはいかん」

それらの話を黙って聞いていたベルフェは、周囲に気づかれないよう小さくため息を吐いた。

一年生の、ましてやFクラスの担任である自分が何を言ったところで、自分の生徒を庇《かば》っているだけの自己中心的な教師としか思われない。

ここで動くべきではない。

そう判断したベルフェは会話の流れが自分にとっていい方に転ぶ瞬間を待つ。

「厄介ですね、その平民の生徒は。確かブレイン・ブランシアが逮捕された一件にも関わっていませんでしたか？」

「ああ、一年Aクラスを一人で倒しただのなんだのと眉唾物でしかない話があったな。まったく、平民にそんなことができるわけがないだろうに」

ここだ――。

機会を窺《うかが》っていたベルフェは、ここぞとばかりに立ち上がる。

そして自分が注目を浴びたということを確認すると、懐《ふところ》から魔石を閉じ込めた小さな箱を取り出した。

「な、なんだね、ベルフェ・ノブロス」

「お時間をいただくことになり恐縮ですが、これを見ていただけませんか?」

箱の中の魔石が、ベルフェの魔力に反応して輝き出す。

ベルフェがそれを壁へと向けると、魔石から放たれた光が色や形を変え、壁に映像を映し始めた。

「こ、これは⁉」

「〝映像の魔石〟を用いた、一年Fクラス対一年Aクラスのクラス間決闘の様子です。あの時会場にいなかった方々は、よく見てください」

映像が進む。

Aクラスの実力者を一撃で降し、ありとあらゆる魔法を反射させるアル。

そして三元魔法を用いた殲滅《せんめつ》攻撃——。

初めは馬鹿にしていた教師たちも、メルトラとの一騎打ちにまでたどり着いた時点で思わず息を呑んでいた。

「ブレイン・ブランシアの一件でこの時の戦いは有耶無耶になり、彼の戦闘を見ていない方も多いかと存じます。ただ、一年生のAクラスとはいえ、たった一人で相手をすることなど不可能です。間違いなく、ヴォルグ・ベイルランドでも」

「……い、いや！　こんなもの！　平民が自分で行っているわけがない！　おそらく他者の干渉があったに決まっている！」

「おや、由緒《ゆいしょ》ある我が学園の教師たちが、決闘中において他者の干渉という不正を感知できないほどに落ちぶれてしまったと言いたいんですか？」

「ぐっ……!?」

「すでにもう理解できているはずです。一年生Fクラスにして平民、そんな彼が、ヴォルグ・ベイルランドよりも強いということを」

教師たちは押し黙る。

それまで文句を言い続けていた男性教師も、拳を握りしめるばかりで何も言い返すことができなかった。

アルを否定し、立場を潰すことは用意だ。

しかしそれは、自分たちが不正を見逃したという認識になってしまう。

プライドで塗り固められた貴族の一員である彼らにとって、そんな事実が表に出ることは決して許せない。

「……どうやら、異論はなさそうですね」

ベルフェは映像を閉じる。

こうしてアルの選抜メンバーの資格は守られ、また一つ目的に近づくこととなった。

◇◆◇

「ブレイブアイランド？」

「そう、それが毎年行われる勇者祭の舞台なんだ」

放課後のFクラスの教室。

いつものように話しているのは、アル、ゼナ、メルトラの三人。

「あらゆる大陸の中心に位置する、さほど大きくはない島なんだけどね。勇者レイドにゆかりがあるみたいで、開催場所が変更になったことはないんだ」

「……アル様、その場所はもしかして」

ゼナの問いかけに対し、アルは一つ頷く。

「ああ、魔王城があった場所かもしれん」

「魔王城⁉」

「俺が把握している限りでは、城はその辺りにあった。俺はほとんど外には出ていいなかったから、間違いなくとは言えないが」

「……魔王城の位置は、万が一にも過去の遺物などを掘り起こそうとする輩《やから》が出てきてしまわないよう、秘匿《ひとく》情報になっているんだ。でもブレイブアイランドに魔王城があったって聞けば、すんなり納得できる」

　メルトラは、二人の前で教科書に載っていた世界地図を広げる。

「ここにあるブレイブアイランドは、勇者祭が行われるまでは基本的に立ち入り禁止。ありとあらゆる結界魔法が用いられて、どの国も絶対に手を出せないようになっているんだ」

「なるほど、だから偶然誰かが遺物を掘り出してしまうなんてこともないのですね」

「うん、そういうことだと思う」

　ある意味歴史的に最重要とも言える情報をあっさりと聞いてしまい、メルトラはわずかに冷や汗をかいていた。

　そんなことも露《つゆ》知らず、アルは聞き覚えのある国の名前を見つけ、そこを指差す。

「ここが、バルザルク帝国か」

「え？　あ、ああ、そうだよ。大きいでしょ」

メルトラの言う通り、バルザルク帝国は地図に載っている大陸の中でもっとも巨大に見えた。

「ああ、むしろエルレイン王国はそこまで広くないのだな」

「面積だけで言えばね。でもこの大陸は資源が豊富だし、それを独占することで他国に大きな差をつけているって感じかな」

「なるほどな……」

「……」

「どうした、メルトラ」

突然不安そうな表情を浮かべたメルトラを、アルが心配する。

メルトラは表情を変えぬまま、地図に載っているバルザルク帝国の名前を指でなぞった。

「去年、この学園の選抜メンバーは、バルザルク帝国のメンバーに負けたんだ」

「……ほう」

「こっちは当時の三年生で、選りすぐりの人たちだったみたい。彼らに勝てる者はいないなんて言われて、歴代でもあまり見ないくらい盤石《ばんじゃく》な状態で挑んだって聞いてる」

でも――。

「当時まだ一年生だった、バルザルク帝国の帝王の息子……ガオルグ＝ウル＝バルザック一人の手で、再起不能の大怪我を負わされた」

「ふむ……」

「その時の映像があったから見てみたんだけど、おそろしい人だったよ。ボクらとヴォルグたちの決闘と同じ形式だったんだけど、ガオルグだけでうちの選抜メンバーは完膚《かんぷ》なきまでに潰されていた」

映像を思い出して、メルトラは小さく身震いを起こす。

「学園対抗戦には色んな回復魔術師が来てくれるからまず命を落とすことはないけど、うちの決闘と違って守護のエンブレムはないんだ。だから普通に怪我はするし、相手が戦闘不能になるまで勝負は終わらない。それが少しだけ……怖い」

そう言いながら、メルトラは作り笑いを浮かべる。

メルトラは大いなる力を持っている。

しかしいまだその力を使いこなせていないことが、彼女の不安に直結していた。

「……大丈夫だ、メルトラ」

「え？」

そんなメルトラの手を、アルが握る。

「お前は強い。そして、まだまだ強くなる。この元魔王がそう言う以上、間違いない」

「……ふふっ、本当にすごい説得力だね」

一瞬呆気に取られたメルトラだったが、すぐにアルが自分を励ましてくれているのだと気付き笑みを浮かべた。

「実際、ソウルディザイアを持つあなたの実力は伸びしろが計り知れません。方法さえ間違えなければ、短期間でも大きく跳《は》ねると思います」

「ゼナからもそう言ってもらえるのは嬉しいんだけど、その方法ってなんだろう……これまでは漠然《ばくぜん》と剣を振ってきただけだから、トレーニングの方法とかも分からないんだよね」

「基本的には私たちとやったような実戦形式を用いて、とにかく場慣れすることが大事だとは思うのですが」

ゼナも、鍛錬の専門家というわけではない。

放っておいてもメルトラの実力は伸びていく。

しかしそれを効率よく、さらには短期間でとなると、迂闊《うかつ》なことは言えない。

「……こういう時は、やはりベルフェだな」

「あ、そういえばベルフェ先生がボクのために便利な物を作ってくれるって」

「それはいつの話だ？」

「えっと、一昨日かな？　ゼナと山で模擬戦をした時だったから」

「となると、もうその便利な物とやらは完成しているはずだ」

「え⁉」

「行くぞ、ベルフェの下へ」

おもむろに立ち上がったアルは、二人を連れて教室を後にした。

向かう先は、当然ベルフェがいるはずの職員室。

そしてちょうど職員室にたどり着いた瞬間、まるで見計らったかのように扉を開けてベルフェが姿を現した。

「ちょうどよかった。ベルフェ、今時間は大丈夫か？」

「ああ、大丈夫っス——じゃなかった、大丈夫だ。どうかしたか？」

きちんと教師モードになってから三人に向き合うベルフェ。

そんな彼の前に、アルはメルトラを突き出した。

「メルトラのために便利な物を作っていると聞いた。お前のことだから、そろそろ完成しているんじゃないかと思ってな」

「よく分かったな。ああ、一応もう完成はしている」

ただ――。

ベルフェはそう間を置いた後、言葉を続ける。

「試運転と、それに伴《ともな》ったデータが欲しい。というわけで、しばらくメルトラを借りるぞ」

「ああ、もちろん構わない」

メルトラ自身も、アルの言葉に同意するように頷いた。

「ひとまず学園対抗戦までの間、メルトラは毎日放課後になったら特訓するぞ。アルとゼナについていけるだけの実力はつけさせてやる」

「そ、そんなところまで成長できるの？」

「まあな。ただもちろん、本気の二人ってなると話は別だがな」

ベルフェが言っているのは、あくまで相手を殺さぬよう手加減している二人という意味である。

二人が本気を出せば――というより、アルが本気を出した時点で、ゼナもベルフェもついていくことができない。

人の身になったとしても、それだけ魔王アルドノアの力は強大なのだ。

「勇者祭があるのは一ヵ月後。言う必要もないだろうが、メルトラ以外の二人もちゃんと準備しておけよ」

「……ふん、言われなくとも」

ベルフェからの忠告に対し不満げな態度を見せたゼナは、子供っぽくそっぽを向く。

「あ、そうだ。言い忘れていたが、勇者祭には俺が引率《いんそつ》の教師としてついていくことになった」

「む、そうなのか。それは安心だ」

「……」

そう口にしたアルに対して、ベルフェはそっと耳打ちする。

「アル様、バルフォとスキリアについてなのですが……」

「む？」

「俺の調べによると、おそらくエルレイン王国の中にはいません。今のところ、他国にいる可能性がもっとも高いかと」

「他国か……それならば、勇者祭に現れる可能性はないか？」

「俺もその可能性は高いんじゃないかって思ってるっス。魔王城の跡地は確認しておきたいでしょうし、勇者祭は絶好のチャンスですから」

いまだにアルと合流できていない配下の気持ちを考えた時、ベルフェはひとまず魔王城があった場所を目指すのではないかと想像した。

自分だったらそうするという主観的な話ではあるものの、可能性は極めて高いと考えている。

そしてブレイブアイランドに入れるタイミングは、勇者祭の時以外あり得ない。

方法はともかくとしても、人が自由に出入りできるようになるこのタイミングを逃すことは考えにくかった。

「十中八九、あの二人は転生に成功しています」

「どうしてそう言える？」

「二人の転生の儀《ぎ》は、俺が手伝いましたから。まあ、そのせいで俺は自分の転生の時に失敗しちまったんですが……ともかくとして、おそらく奴らも年齢は十六歳前後。下手したら他の学園の生徒として対抗戦に出てくるなんてことがあるかもしれないっス」

「……確かに、あの二人が学園に通っていたとしたら、選抜入りしないわけがないか」

「実力に関しては折り紙付きっスからね」

「ふっ、そうなれば、俺たちと戦う可能性もあるな」

「……それが一番面倒臭くなるんスよね」

この時代に生きる者たちは皆アルにとって敵ではないが、もしもバルフォとスキリアが敵として現れた場合、少々厄介なことになる。

たとえば今年の対抗戦の種目が一対一を繰り返す団体戦だった時、今のメルトラではまず二人には勝てないし、ゼナも勝てる可能性は五分五分といったところ。

二人が敗北した時点で、アルが一勝したとしても意味がない。

学園対抗戦で優勝して名高い実績を得るという目的は、そこで終わる。

もちろんこれはバルフォとスキリアが同じ学園に所属している、尚且つ団体戦という競技だったらという限られた条件の中での話ではあるが、参謀としてすべてが噛み合った時のことを考えなければならないのが、ベルフェの辛いところ。

（俺たちは四人共忠誠心が強いし、アル様が命令すればあの二人だってわざと負けるくらいのことはするんだろうけど……この人がそんな命令を出すとは思えない）

ベルフェが横目でアルの表情を窺えば、そこにはどこかワクワクした様子の顔があった。
この様子だと、きっとアルは二人に命令はせず、あえて戦う道を選ぶだろう。
ここで無理にでも釘を刺しておくことが正しい選択なんてことは分かっている。
しかしベルフェはこのアルの状態が悪いものであるとは思えなかった。
（あの頃より、いい顔してるんだよな）
まだ人でなかった頃、魔王アルドノアはただ無感情のまま生きていた。
それがどうだろう。
今となっては、喜びや怒りを表面化できるようになっていた。
そんな彼から楽しみを奪うような真似はできない。
配下としても、仮に友人だったとしても、ベルフェはきっと同じ選択肢を選んでいた。
「……引き続き二人の行方《ゆくえ》は調べておきます」
「ああ、頼む」
ベルフェはアルから離れ、職員室へと戻っていく。
残された三人も、ここは大人しく教室へと戻る。

勇者祭、そして学園対抗戦まで、あと一ヵ月――。

第四話：魔王、殴られる

あっという間に時は流れ、ついに勇者祭当日がやってきた。

「アル様！　見えてきましたよ！」

「……あれがブレイブアイランドか」

エルレイン王国のある大陸から船で向かっている途中、アルの視線の先に、目的地であるブレイブアイランドの島影が見えてきた。

決して大きな島ではない。

しかしこの距離でも分かるほどの、独特なエネルギーのようなものを感じる。

そしてそれは、アルたちにとっては懐かしいとすら思うものだった。

「この気配は……アル様の魔力ですね」

「……ああ、そうだな」

人間たちの手によって解体された魔王城。

この島には、もう魔王がいたという証拠は残っていないだろう。

ただ、アルたちには分かる。

魔王アルドノアの魔力は、何と比べても圧倒的な総量を誇っていた。

それこそ、肉体という器に収まりきらず、常にある程度垂れ流してしまう程度には——。

そして垂れ流された魔力は、彼を中心にあらゆるものへと染みついていた。

初めは城に。

そして外の木々に。

そして、土に。

千年という時を経ても、彼の存在感は薄れるということを知らない。

ほとんどの人間は妙な感覚を覚えるだけだが、魔王アルドノアを知っている者はすぐにこの残り香《が》に気づくだろう。

「うう……確かにあの島からアルの気配を感じるね……」

「……メルトラ、大丈夫か？」

「うん……だいぶ疲労は溜まってるみたいだけど、対抗戦当日には万全になってるってベルフェ先生が言ってたから」

メルトラは、船に設置されていたベンチに力なく体を預けていた。

ベルフェが用意した訓練メニューを丸一ヵ月こなした彼女。

短期間でアルやゼナの足を引っ張らない程度に強くなるという目的の下行われたその訓練は、人間の枠からいまだ逸脱していないメルトラにとっては想像を絶する過酷《かこく》さだった。

「――むしろ五体満足でここにいることに俺は驚いているっスよ」

そんなことを言いながら、ベルフェが船の中から姿を現す。

「義足の一つや二つくらいは作ってやらないとなーって思ってたんですけど、思ったよりもメルトラは優秀でした」

「ベルフェ先生？　ボクそこまでの話は聞いてなかったんだけど……」

「ああ、だって言ってないし」

「……ボク、初めてゼナの気持ちが分かったかも」

メルトラの言葉を聞いて、ひたすらに頷くゼナ。

二人の絆が思いがけぬ形で深まった瞬間だった。

（ただ……ベルフェの訓練の効果は確かに出ているようですね）

ゼナから見たメルトラは、魔力の総量だけでも数段階上昇しているように思えた。

ギリギリまで訓練をしていたため、かなり魔力を消費しているにもかかわらず、だ。

これが万全な状態になった時にどうなるか――アルとしても、ゼナとしても、楽しみであることを隠せない。

「対抗戦自体は三日目に行われるんですよね」

「ああ、勇者祭が行われるのが、今日から四日間。そのうちの三日目に学園対抗戦は行われる。それ以外の時間は今のところ自由に過ごして問題ない」

「なるほど」

アルは今のゼナとベルフェの会話を聞き、頭上に疑問符を浮かべる。

「自由な時間が多いな。その間俺たちは何をしていればいいんだ？」

「多分退屈はしないと思うっスよ。勇者祭自体に出し物がたくさんあるし、屋台やらパレードやら、文字通り〝祭り〟らしいことをやるんで」

「そうか……」

アルは船から身を乗り出し、近づいてきたブレイブアイランドを見つめる。

思い浮かべるは、勇者レイドの顔。

不遇な状況に置かれ、戦うことを強《し》いられ、世の中に絶望して命を落とした魔王アルドノアの宿敵。

メルトラを介《かい》したアルとの戦いで対話を済ませたことで、彼の魂はようやく救われた。

「もし奴が生きていたら……こうして自分が称えられているのを見て、何を感じるんだろうな」

「——きっと照れ臭いだけだと思うな」

アルがこぼした疑問に、メルトラが答える。

「なんとなくだけど、ボクには分かるよ」

「……そうか」

どこか嬉しそうに、アルは笑う。

メルトラと勇者レイドは、極めて近い存在。

一度は魂までもが融合し、意識が消えかけるほどの危険な状態にまで追い込まれていた。

そんなメルトラだからこそ、勇者レイドの気持ちを代弁する人間としてこれ以上ない説得力を持つ。

「……そろそろ上陸の準備っスね」

ベルフェの言葉で、場の空気が引き締まる。

そして間もなく、彼らを乗せた船は、ブレイブアイランドの港へと到着した。

◇◆◇

「ようこそ！　ブレイブアイランドへ！」

上陸して早々、今回の勇者祭の運営側の人間がアルたちを出迎えた。

彼らが現在立っている場所は、招待枠専用の港。

一般人の入場は、ここから少し離れた場所で行われている。

しかし相当な活気があるためか、一般人枠の港から人々の喧騒が聞こえてきていた。

「エルレイン王立勇者学園の代表生徒の皆様ですね？」

「はい、そうです」

「宿泊場所のご案内をいたしますので、こちらへどうぞ」

引率者としての仕事を果たすベルフェについていく形で、アルたちは拠点となる宿泊施設へと向かうことになった。

歩くこと五分ほど。

彼らの前に、巨大で豪奢《ごうしゃ》なホテルが姿を現した。

「これが、皆様に宿泊していただくブレイブホテルでございます」

「わぁ……」

ホテルを前に、メルトラは感嘆の声をもらした。

四大貴族の娘であるメルトラは、当然豪華な屋敷で生活している。

しかしそんな彼女でも感動してしまうような外見的魅力が、このホテルにはあった。

「さあ皆様、中へどうぞ」

案内されるがままホテルの中に入れば、今度はエントランスの広大さと、その美しい装飾に目を奪われることになる。

「皆様の部屋は、２０１号室と、２０２号室です。それぞれ二人部屋になっております故、男性、女性と分けてお使いいただければと思います」

「二人部屋……！」

二人という部分に、ゼナが反応する。

それにベルフェがツッコミを入れ、ゼナがぶちぎれるという一連のくだりを一切無視し、アルとメルトラは荷物を運びこむことにした。

「わぁ！　部屋も広いね！」

２０１号室に荷物を運び入れたメルトラは、窓際へと歩み寄る。

窓の向こうに広がっているのは、広大な海と浜辺。

彼らのいるこの２０１号室は、最上階の一つ下にある部屋だった。

故に景色のよさは桁違い。

アルも思わず息を呑むほどの景色が、そこには広がっていた。

「この上の階には１０１号室と１０２号室があるらしいんだけど、そこはきっとバルザルク帝国の人たちが使っているんだろうね」

「なるほど、去年の成績順に部屋が割り当てられているのか」

去年の学園対抗戦の成績は、バルザルク帝国勇者学園が一位、そしてエルレイン王立勇者学園が二位だった。

こうして部屋によって序列を作るのは、なんとも分かりやすい表し方である。

「……ねぇ、アル。早速で悪いんだけど」

「ん？」

「ボク、ちょっと寝させてもらってもいい？」

苦笑いを浮かべ、メルトラはそう問いかける。

アルから見て、彼女の顔色はだいぶ悪いように見えた。

ハードな訓練に加え、長時間の船旅。

彼女の体が限界なのは言うまでもなかった。

「ああ、準備などはこちらでやっておく。今はゆっくり休むといい」

「ありがとう……じゃあ」

メルトラがベッドに倒れ込む。

その様子を見て、アルは驚いた。

（すごいな……ベッドに倒れ込むわずかな時間で意識を飛ばすとは）

あまりにも疲れていたのか、メルトラはベッドにその身を沈める前に眠っていた。

それを一芸と認識しているアルも大概ズレているのだが、すでに深い眠りに入ってしまったメルトラではツッコミを入れることができない。

疑似《ぎじ》的に一人になってしまったアルは、ひとまずゼナとベルフェを待つことにした。

「はぁ……エントランスで騒ぐなよ。周りに迷惑だろ」

「はぁ⁉　あなたが変に突っかかってくるから言い返す羽目《はめ》になったんですよ⁉」

「まずお前が変なところに反応するのが悪いんだろうが」

「対抗戦で勝つ前に、あなたと決着をつける必要がありそうですねぇ……！」

しばらくして、本気で睨み合いながらゼナとベルフェが２０１号室にやってきた。

そんな彼らに対し、アルは指を唇に当てるジェスチャーをする。

「あ……」

その動作のおかげで、ゼナとベルフェはメルトアが寝ていることに気づいた。

「この部屋は一旦メルトラだけにしてやろう。俺たちは隣の部屋に行くぞ」

「はい、かしこまりました」

二人を連れて、アルは隣の２０２号室へと向かう。

こちらも部屋の大きさは２０１号室と同じで、かなり広い。

ベッドルーム、リビングルーム、バスルームとあり、キッチンやテラスも併設《へいせつ》されている。

貴族が多く滞在する場所として、生活する分にはなんのストレスも感じないようにできていた。

「メルトラは当分動けないっスね。あれでもよく意識を保ってた方っス」

「そんなに追い詰めたのか……」

「さっきも言ったっスけど、下手したら腕の一本や二本平気で吹き飛ぶような内容でしたから。俺は本来そこまでやるつもりはなかったんですが、思いのほか彼女がついてきたもんで」

「……そうか」

「彼女、いい向上心を持ってるっス。たった一ヵ月しかなかったけど、ずいぶん仕上がったと思いますよ」

「ああ、見れば分かる。お前もいい仕事をしてくれたな」

「……恐縮っス」

ベルフェは照れた様子で頬を掻く。

研究バカのベルフェでも、主への忠誠心に関してはゼナに負けないものを持っていた。

主から褒められるというのは、彼にとっても計り知れない褒美である。

「メルトラは少なくとも明日までは起きないと思うんで、今日のところは俺たちだけで動くことになりそうっスね。俺も色々手続きがあるんで別行動にはなりそうなんですが……」

そこまで口にしながら、ベルフェは横目でゼナを見た。

そして彼女の目が自分を睨んでいることに気づき、大きくため息を吐く。

「……あー、どうせ時間はたっぷりあるんで、二人で勇者祭を回ってきたらどうですかね。夜までは時間を潰せると思うっスよ」

「なるほど！　ベルフェがそう言うのであれば仕方ありませんね！　アル様、共に勇者祭を巡りましょうか！　二人っきりで！」

まるで水を得た魚のようにイキイキし始めるゼナ。

そしてベルフェに対し、たまにはいいことするじゃないか、見直したぜとでも言いたげに背中を叩く。

それによってベルフェの苛立ちが募《つの》ることになったのは、言うまでもない。

「ふむ、ベルフェが動けないのであれば仕方ないな。ゼナと祭りを回るとしよう」

「はいっ！」

いつも通りのアルと、テンションが上がりに上がっているゼナが部屋を出ようとする寸前――。

「アル様、ゼナ」

ベルフェは一度二人を呼び止めた。

「……どうした」

「言うまでもないかと思ってたんですが……気づいていますか？」

彼の問いかけに、アルとゼナは頷く。

「ああ、気づいている」

「ええ……いますよね、この島に」

その返答を聞いて、ベルフェも頷き返す。

彼らには、お互いの気配が分かる元魔族特有の共感能力のようなものがある。

その共感能力が、この島に上陸してから激しく反応していた。

「バルフォとスキリアは、もうこの島にいる。祭りを巡りながらで構わないので、二人のことを探してもらってもいいですか？　俺も用が済んだら自分で探しに出るんで」

「ああ、分かった」

そう言葉を返して、アルとゼナは今度こそ部屋を後にした。


「あの二人がこの島にいる、か。簡単に出会えたらいいのだが」

「貴方様の配下の中でも神出鬼没《しんしゅつきぼつ》な二人ですからね……向こうも気づいてはいるでしょうし、同じように探してくれていればいいのですが」

ホテルを出た二人は、そんな会話をしながら中心街を歩く。

中心街はすでに活気に包まれており、歩くのに少しコツが必要になるくらいには混み合っていた。

「そういえば、一つ気になったことがあるんだが」

「なんでしょう？」

「この場所で買い物をしたい場合、金はどうなるんだ？　あらゆる国の人間が集まっている以上、かなりややこしいことになるんじゃないか？」

世間知らずなアルでも、国によって通貨の単位が違うことくらいは知っている。

そういった疑問を受けたゼナは、懐から剣の紋章が描かれた紙幣を取り出した。

「その疑問はごもっともです。通貨の単位が違うという問題を解決するために、この島ではこういった紙幣でやり取りします」

「こんなものどこで……」

「アル様とメルトラが部屋に向かった後、ホテルのエントランスで手に入れました。この島では、自分たちの持ち込んだ金銭を換金することで、相応《そうおう》の紙幣を手に入れることができるんですよ。換金所は島のあちこちにあるので、足りなくなったらいつでも補充できます」

「ほう」

「アル様にも半分ほど差し上げます。足りなくなったらすぐに追加しますので、お気軽にお申し付けくださいね」

そうしてアルは、ゼナからいくらかの金銭を受け取る。

とはいえ基本的に支払いはゼナが行うため、アルが財布を温めておく意味はあまりないのだが。

「助かる。しかし補充という言葉を聞く限り、まとめて換金はしないのか？」

「はい、できる限り都度《つど》換金するようにします。まあそうそう被害を受けるようなことはないと思いますが、この島ではよく他国の人間同士の窃盗《せっとう》がよく起きるんです。その対策として、換金する際は自国の通貨でしか行えないようになっています」

「なるほど。他人に金を奪われても、そいつが他国の人間であれば奪われた通貨は換金できず、無価値ということになるのか」

「そういうことです。しかしまとめて換金してしまうと、他国の人間でも使える状態で奪われてしまうことになるので……」

故に、ゼナは大半の金をエルレインの通貨のまま残していた。

もちろんエルレイン王国の人間に盗まれるようなことがあれば意味がないが、これまでそういった事件はほとんど起きていない。

必ず安全とは言い切れないものの、この方が安全というのは事実である。

ただ、この二人から金銭を奪える存在がいるなら、盗みなどまどろっこしい真似はしないだろうが――。

「……何がともあれ、とりあえず遊びませんか？　面白いものがたくさんありますよ」

「そうだな。食い物はあるか？」

「いくらでも」

ゼナに手を引かれ、アルは中心街を行く。

串焼きや、果物を加工した飴。

こってりとした味わいの粉物に、ミントの香りがするデザート。

ブレイブアイランドの活気の中心であるここには、様々な屋台が揃っている。

食べ物以外にも装飾品や服を売っている場所があり、じっくり楽しんでいたら容易に日が暮れてしまうことが予想された。

「お兄ちゃんもお姉ちゃんも寄ってって！　おいしい肉を串に刺して焼いた、ブレイブ串焼きだよー！」

「おいしい肉……？」

客引きの声に反応し、アルの体がその方向に釣られる。

ゼナはそれを微笑ましいものを見る目で見つめ、その後を追った。

「お！　兄ちゃん買っていくかい！」

「ああ、二本くれ」

「まいど！　ほら！　ブレイブ串焼き二本！」

焼き上がった串焼きを受け取ったアルは、片方をゼナへと差し出した。

「うまそうだ。一緒に食おう」

「はいっ！」

活気ある通りを、串焼き片手に並んで歩く。

ゼナは今、人生の絶頂を味わっていた。

「――おい、ずいぶんと腑《ふぬ》抜けになっちまったみてェだなァ」

そんな彼女を邪魔するかのように、突如として目の前に見知らぬ男が現れた。

「ッ!?」

反射的に臨戦態勢に入るゼナ。

しかしその男はゼナが前へと突き出した腕を掴むと、まるでダンスのように体勢を操った。

呆気《あっけ》に取られたゼナは、瞬きほどの一瞬で背後に立つことを許してしまう。

「油断し過ぎだッつーの。千年前のお前であれば、こんな風に弄《もてあそ》ばれることもなかっただろうに」

「あ……あなたは」

男はゼナを解放すると、立ち尽くしていたアルの方へと体を向ける。

「……久しいな」

「ああ、本当に」

スラっとした体格に、軍服のような制服を着た黒に近い青色の髪を持つ男。

彼は人前でありながらも、アルに向けて深々と頭を下げた。

「〝暗楽のバルフォ〟改め、バルフォ＝リバリウス。ただいま魔王アルドノア様の下に参上したぜ」

「ああ……よく見つけてくれた」

「あんたの気配にオレが気づかねェわけねェだろうが。この島に入ってすぐいるって確信したぜ」

どこか掴みどころのない飄々《ひょうひょう》とした男、バルフォは、顔を上げてアルに笑いかけた。

無邪気な表情を見せているように思える彼だが、アルも、ゼナも、ベルフェも、全会一致で敵に回したくない存在の頂点だと思っている。

いわゆる、曲者《くせもの》というやつだ。

「ちなみにだが、もう一人いるぜ」

「まさか……スキリアも近くにいるんですか?」

「おう。ほら、そこに」

バルフォが指さした先は、アルの背後だった。

アルが振り返ろうとしたその瞬間、背後から白い手が絡みつくような形で、彼の体を抱きしめる。

「……やっと会えた」

「スキリアか?」

「うん。アルドノア様、久しぶり」

そう告げた緑髪の少女は、腕を離してアルの前に回り込む。

下手すればゼナよりもメリハリのあるスタイルに、どこか眠たげに見える顔。

魔族の頃と比べ外見には大きな変化があるが、特徴自体はやはり、〝創楽のスキリア〟そのものだった。

「千年と少しぶり？」

「そうだな。よくぞ転生してきてくれた」

「アルドノア様の側にいたいから、当然」

スキリアはそんなことを言いながら、今度は正面からアルへと抱き着く。

「ん……やっぱりアルドノア様の匂い、落ち着く」

「何か匂うのか？」

「うん。大自然の山みたいな……雄大《ゆうだい》な匂い」

難しい例えを口にしながら、スキリアはアルの胸に顔を埋める。

そのあまりの密着具合に、思わずゼナも焦りを覚えた。

「す、スキリア⁉　そんなに密着してはアル様に迷惑がかかります！　今すぐそこを譲り――じゃなかった！　離れなさい！」

「やだ。ゼナ、うるさい」

「うるさいですって⁉」

「うるさい女、男にすぐ嫌われる」

「嫌われっ……」

　一瞬にして黙らされてしまったゼナを見て、バルフォが爆笑する。

「だははは！　そうだな！　うるせェ女は確かに嫌われるわ！」

「あ、アル様⁉　私うるさいですか……？」

　スキリアとバルフォの指摘を受け、不安になってしまったゼナ。

　縋《すが》るようにアルを見ると、彼はいつも通り何も分かっていない表情を浮かべていた。

「よく分からないが、口数の少ないゼナはむしろ不安になるぞ」

「アル様……！　ほら！　私うるさくない！」

　ゼナは安心した様子で、二人に向けてドヤ顔を浮かべる。

　しかしいまだバルフォの爆笑は止まらない。

「はははは！　別にうるさくねェとは言われてねェじゃねェか！　うるせェお前が許されてるだけだっつーの！」

「なっ、そ、それでも許されているのだからいいじゃないですか！　いい加減その笑いを止めないとぶっ飛ばしますよ⁉」

「おう、やってみやがれ――と、言いたいところだが」

突然笑いを止め、バルフォは面倒臭そうに息を吐く。

「この制服、どこのか分かるか？」

バルフォは、自身と隣に立つスキリアの制服を示し、そう問いかけた。

スキリアも、バルフォと同じく軍服のようなデザインの制服に身を包んでいる。

様々な下調べを行っていたゼナは、その制服に見覚えがあった。

「……バルザルク帝国勇者学園の制服、ですね」

「その通り。オレたちは、バルザルク帝国勇者学園の選抜生徒として学園対抗戦に出るべく、この島に来てんだよ」

その言葉を聞いた瞬間、ゼナの顔に戦慄《せんりつ》が走る。

（よりにもよって、一番最悪のパターン……！）

バルフォたちとの再会において、ゼナやベルフェが想定していた避けたいパターンは、低い順にこう並んでいた。

まず、一般人として上陸してきた彼らに会うパターン。

これなら特になんのしがらみもなく再会を喜ぶことができただろう。

次にどこかの学園の選抜生徒として会うパターン。

この場合は敵として会うことになるため、少々厄介な状況になる。

さらにその次に、二人とも同じ学園の生徒として会うパターン。

二人が共にどこかの学園の選抜生徒になっていた場合、その学園の戦力が一気に跳ね上がる。

バルフォだけでも厄介なのに、そこにスキリアが加わるとなれば相手にしにくさは一級品だ。

メルトラという発展途上の存在がいる中で、この二人を同時に相手することはゼナとしても避けたい。

そして最後に、バルザルク帝国勇者学園の代表生徒として会うパターン。

これがもっとも最悪。

厄介な二人に加え、人間という枠において最上格と思われるガオルグ＝ウル＝バルザルクがついてくる。

アルがガオルグに敗北する未来はまず見えないが、バルフォがいる以上馬鹿正直に正面から戦わせてもらえるわけがない。

今回は、このもっとも嫌なパターンを見事に引き当ててしまった。

「アルドノア様たちは……へぇ、エルレインか。こいつは数奇《すうき》な運命だねェ」

「……敵同士なの、悲しい」

好戦的に笑うバルフォとは対照に、落ち込んだ様子を見せるスキリア。

そんな二人——特にバルフォの方を見て、ゼナは驚く。

「ま、まさか……アル様に牙をむく気ですか？」

「魔王軍の配下としては当然失格だろうなァ……けど、一応選ばれちまった責任みてェなもんもあるし、一回くらい、最高幹部同士で本気でやり合ってみたかったたって気持ちもあんだよ」

「っ……」

バルフォは何も、正面からアルと対峙したいというわけではなかった。

それが伝わってきたからこそ、ゼナは一瞬言葉を失う。

「もちろん、アルドノア様がオレたちに寝返れって命令するなら、ちゃんと従うつもりだぜ。そこんところどうなのよ、我らが主様」

バルフォから問いかけられたアルは、小さく笑みをこぼす。

「そんな命令を出すつもりはない。当日、戦うことになったら全力でかかってこい。むしろ二人がかりで俺を潰しに来てもらっても構わんぞ」

アルはそう言いながら、微弱な殺気を二人にぶつける。

魔王アルドノアと魔王軍最高幹部である四人は、互いに本気でぶつかり合ったことがなかった。

そこに上下関係があるのだから、それは至極《しごく》当然の話。

しかし、気になるものは気になるではないか。

人間となり好奇心という燃料を手に入れてしまったアルは、二人と戦ったらどうなるのかという謎に魅力を感じてしまってならない。

「……か、考えておこうかなー」

「駄目、バルフォ。考える以前に私たち全滅する」

「言われんでも分かってんだよ、そんなことは。ジョークだっつーの」

たとえそこに主従関係がなかったとしても、アルに勝てるビジョンなんて何一つとして見えてこない。

バルフォは大人しく両手を挙げ、降参の姿勢を見せた。

「あんたは狙わねェよ。つーかオレたちが戦おうとする前に、うちの学園の大将があんたを狙うだろうからな」

「お前たちのところの大将というと……」

「おっと、オレたちがサボってるのがバレたみてェだな。おいでなすったぜ」

四人の下に近づく、大きな気配。

その男の邪魔にならぬよう、誰もが道を開けた。

そうして彼は、自分の手を煩《わずら》わせることなく人混みをかき分け、アルたちの下へとたどり着く。

「紹介しとくぜ。この人が今のオレたちの大将、ガオルグ＝ウル＝バルザルクだ」

バルフォからの紹介を受けたガオルグは、その鋭い視線をアルへと向けた。

「バルフォ、スキリア。貴様ら、こんな雑魚《ざこ》と話していたのか？」

「雑魚ってあんた……この人たちエルレインだぜ？　制服をよく見なよ」

「関係ない。我がバルザルク帝国以外、すべて塵《ちり》も同然。バルザルク帝国勇者学園の生徒ならば、程度の低い連中と談笑など交わすな」

「……へいへい」

やれやれといった様子で肩を竦めるバルフォ。

まさに傲慢《ごうまん》の権化《ごんげ》。

一連のやり取りを見ていたゼナは、ガオルグに対しそんな印象を受けた。

エルレイン王立勇者学園で出会った誰よりも、彼の方が傲慢に見える。

まずまったく人目を気にしていない。

自分ならば何をやっても許される、そんな風に考えている気配すら感じる。

ただし、すでに彼はゼナの地雷を踏み抜いていた。

「……取り消しなさい」

「何？」

「この方に雑魚と言ったこと、今すぐに取り消しなさい。そうすれば命だけは奪いません」

「……ほう」

自分を睨みつけてくるゼナを見て、興味深そうに目を細めるガオルグ。

彼はそんなゼナに一歩近づくと、突然その顎に手を添えた。

「近くで見ればいい女だな、貴様。よし、今すぐ我が帝国へと国籍を移せ」

「は？」

「私の妃《きさき》の一人にしてやろう。死ぬまで私の寵愛《ちょうあい》の下生きるがいい」

「っ！」

一瞬にして怒りが頂点に達したゼナは、ガオルグの頭に向けて蹴りを放つ。

しかしその一撃は、割り込んできたバルフォによって受け止められてしまった。

「なッ⁉」

「うほォ、相変わらず重い一撃持ってやがるなァ」

この攻防のせいで、周囲がどよめき出す。

街中での喧嘩。

憲兵が飛んでくるのも時間の問題と言ったところだろう。

しかし、ガオルグたちに焦りの色はない。

「何故邪魔を……！」

「……わりぃな」

後ずさったゼナに、真剣な顔つきで謝罪をこぼすバルフォ。

次の瞬間、ゼナはいつの間にか真後ろへと回り込んでいたスキリアに体を摑まれ、地面へと組み伏せられる。

そんな彼女に歩み寄ったバルフォは、そっと耳元に顔を寄せた。

「ちょいと事情があってな。こいつを今殺させるわけにはいかねェんだ」

「っ、事情……？」

「時が来たら話す。今はひとまず大人しくしててくれ」

「……」

いつになく真剣なバルフォの声色に、ゼナはひとまず言うことを聞くことにした。

今の会話はかなり小声で行われたため、ガオルグ自身の耳には届いていない。

しかし鋭敏な聴覚を持つアルの耳には、確かに届いていた。

バルフォが横目でアルの顔色を窺えば、彼は一つ頷いてみせることで事情を理解したことを伝える。

「いやー、危なかったなァ、ガオルグの旦那ァ」

「余計なことを。貴様が割り込んでこなければ、私の力で組み伏せられたというのに」

「そいつは悪いことをしたな。まあ、これ以上騒ぎが大きくなる前に戻りましょうぜ」

「ああ——だが、その前に」

ガオルグは目の前に立つバルフォを押し退けると、そのままアルの下まで歩み寄る。

そしてその正面に立ち、彼の目を睨みつけた。

「先ほどから、どうにもこの男が私を睨んでいるように見受けられてな」

「ん？　ああ、すまない。睨んでいたわけじゃないんだ。学園対抗戦で戦う可能性が高いから、よく観察しておこうと——」

「駄目だ。許さん」

突如として繰り出されたガオルグの拳が、アルの腹部に深々とめり込む。

駆け抜ける衝撃波。

そして次の瞬間、アルの体は勢いよく後方に吹き飛び、いくつかの屋台を破壊しながら地面を転がった。

辺りから悲鳴が上がり、一部人が掃《は》けていく。

「他国のゴミが、許可なく私を見ていいわけがないだろう。身の程を知れ」

吐き捨てるようにそう言い放ったガオルグは、そのまま踵《きびす》を返す。

「バルフォ、スキリア。エルレインの人間といると体が腐るぞ。さっさとついてこい」

「……へいへい」

今にも跳びかかってしまいそうなスキリアの視界を遮るように、バルフォは体を置く。

そしてスキリアが暴走しないよう細心の注意を払いつつ、彼はガオルグについて通りを後にした。

残されたゼナは、慌ててアルが吹き飛んだ先へと駆け寄る。

「アル様⁉」

「……ははは、面白い奴だったな」

屋台の残骸《ざんがい》を押し退け、アルが立ち上がる。

その制服には汚れがついてしまっているものの、体には一切の傷もついていない。

分かっていたことではあるが、ゼナはホッと胸を撫でおろす。

「なんとも不敬な男でしたね。今すぐ追いかけて八つ裂きにしたいですが……」

「バルフォが言っていただろう。今は大人しくしていてくれと」

「それは……そうですが」

ゼナとしては、主がいいようにやられているのに反撃できないことがストレスでしかない。

許されるのであれば、その拳で原型が分からなくなるほど顔面を殴りつけたいと思っている。

「しかし、いい拳を持っている。去年一人の力で他の学園を圧倒したというのも頷けるな」

「……確かに、練り上げられた太い魔力を感じました」

「ああ、対抗戦が楽しみだ」

埃を払い、アルはゼナの隣に立つ。

「そろそろ人が集まってくる。今日のところはひとまずホテルに戻ろう。ベルフェに諸々《もろもろ》報告しておきたいしな」

「はい……分かりました」

言葉の端々から感じ取れる、ゼナの不満。

しかしそれが自分への忠誠心から来るものだと理解しているアルは、彼女の頭をそっと撫でることにした。

「あ、アル様⁉」

「たとえ理不尽に殴られようとも、俺にはお前たちがいてくれるだけで十分だ。これからも側にいてくれるな？」

「……はいっ！　もちろんでございます！」

一瞬にして機嫌を取り戻したゼナを見て、アルは笑みをこぼす。

こうして二人は、一度中心街を後にすることにした。

第五話：魔王、再びデートする

「バルフォとスキリアに会ったんスか⁉」

「ああ、さっき中心街でな」

ホテルに戻ってしばらく。

用を終えて帰ってきたベルフェに、アルたちは中心街で起きたことを説明した。

ちなみにだが、メルトラはまだ夢の中である。

「そうスか……まさか一番最悪なパターンを引くとは」

一通り話を聞き終わったベルフェは、机に肘をついて考え込む。

「事情がある、か。バルフォがそう言うなら、俺たちは待つことしかできないっスね」

「そうだな。やつのことだ。おそらく今も裏から手を回そうと奔走《ほんそう》しているのだろう」

「そっちの専門っスからね、やつは」

〝暗楽のバルフォ〟

元々の彼は諜報《ちょうほう》活動に優れ、裏から戦況を操るスペシャリストだった。

戦闘力もさることながら、万全の準備を整えたバルフォに勝利するのは、ゼナたちが束《たば》になったとしても難しい。

それに加えてもう一人、スキリアという戦力もいる。

ゼナとメルトラでは、正面からぶつかったとて力負けする可能性は十分あった。

「アル様がいる以上負けはないと思いますが、種目次第といったところですね……ベルフェ、あなたの方で当日の種目は分からないのですか？」

「残念ながら、種目の発表は当日にならないと分からない。引率の人間にも教えちゃくれなかったよ」

「そうですか……」

ゼナは口には出さないが、やはりネックになってくるのはメルトラの存在。

彼女がここにいること自体にまったく文句はないが、実力的に心もとないという評価になってしまうのはゼナの視点からして仕方がないことだった。

相手がバルフォたちでなければ、当然そんな評価にはならないのだが――。

「……何をそんな心配する必要がある」

「え？」

少々重苦しくなり始めた部屋の空気を、アルが斬《き》り裂いた。

「バルフォとスキリアが敵になる……こんな状況、転生しなければ味わえなかっただろう。やつらと戦うなんて、なんとも心躍《おど》る展開ではないか」

「あ、アル様？　お楽しみのところ恐縮なのですが、ここにいる目的は学園対抗戦に優勝することですよね……？」

「もちろんだ。しかしその目的は、楽しみを捨てる理由にはならない」

心底愉快そうな表情を浮かべるアルは、窓際へと歩み寄った。

海を照らす沈みかけの夕日。

それを眺めながら、アルは言葉を続ける。

「俺は小難しいことが分からない。だからそういうものはすべてお前たちに任せる。その代わり、もしもどうにもならない状況になったら、俺にすべて任せろ。お前たちの主として、すべての責任は俺が取る」

「アル様……」

「だから、お前たちも今の状況を楽しめ。かつての仲間といがみ合うわけでもなく真剣に戦えるなんて、中々ない状況だろう」

そう告げて、アルは二人の方へ振り返った。

「魔族の頃には存在しなかった、この楽しむという感情……ここで思う存分味わっておくべきではないか？」

「……はぁ、アル様には敵わないっスね」

どこか諦めたような表情で、ベルフェは息を吐いた。

「確かに、目的に囚われて色々と重苦しく考え過ぎてたっス。もう少し緩く考えてみます。どうせバルフォが動いているなら、そっちは任せて問題ないはずだし」

「……私も、いざとなれば全力でぶつかればいいだけの話ですよね。慣れない頭を使うものじゃないかもしれません」

気が抜けた様子の二人の顔を見て、アルは笑みを浮かべる。

たとえ失敗したところで、死ぬわけでもない。

世界が終わるわけでもない。

仲間と離れ離れになるわけでもない。

世界を滅ぼし、作り直そうなどと考えているのは、すべて自分たちの身勝手な感情。

　今だけ失敗したところで、すべてが終わるわけではないのだ。

「ひとまず、対抗戦当日までは英気を養うぞ。まだ丸一日余裕があるし、メルトラも外に連れて行ってやらねば文句を言うかもしれないからな」

「ああ、そうっスね……多分明日になれば動けるくらいには回復しているはずなんで」

　そんなアルとベルフェの会話を聞いていたゼナは、どういうわけか再び神妙な表情を浮かべた。

　そしてしばらく考え込んだ後、盛大なため息を吐く。

「……仕方ありません。メルトラは一ヵ月も過酷な訓練に耐えたんですし、ご褒美があるのは当然ですよね」

「ゼナ？　どうしたんだ？」

「アル様！」

「うおっ」

　勢いよく名前を呼ばれ、アルは驚く。

「明日メルトラが目覚めたら、二人きりで中心街を回ってあげてください！」

「二人で？　何故だ、お前たちもくればいいだろう」

「申し訳ないのですが、理由は言えません！　ですが貴方様と二人きりになることが、メルトラにとっては大きな褒美となるんです！」

「……？　そう、なのか？」

自分で言っておきながら、ひたすらに頷くゼナ。

あらゆる方向に鈍いアルにはかなり難しい話だったが、ゼナが嘘を言っているようにも見えず、渋々というか、理解できないままにひとまず頷くことにした。

「わ、分かった。明日メルトラが目覚めたら、誘ってみることにしよう」

「ええ、ぜひそうしてくださいませ……」

「……ゼナ、大丈夫か？」

「はい、大丈夫です……嫉妬で脳みそが焼き切れそうですが、概《おおむ》ね問題ありませんから」

「それは大丈夫とは言わないのではないか？」

ひたすらにゼナの心配をしてしまうアルの肩を、ベルフェが叩く。

その後アルは、女性には触れてはいけない部分があるということを教わることになった。

「ん……」

翌朝。

ベッドの上で目覚めたメルトラは、寝ころんだまま周囲に視線を巡らせる。

徐々にボーっとしていた頭が覚醒《かくせい》してくると、メルトラはようやく自分がどこにいるのかを思い出した。

「あ……そうだ……ボク、ブレイブアイランドに来てるんだった」

「ようやく起きたか、メルトラ」

「アル……？」

ベッドから体を起こしたメルトラと、部屋の中の椅子に腰かけたアルの目が合う。

「丸一日近く寝ていたが、気分はどうだ？」

「あー……うん、大丈夫、かなり休めたから……ッ⁉」

「？　どうした？」

言葉の途中で、メルトラの顔が強張る。

彼女は気づいてしまった。

二十四時間近く寝ていたせいで、服も、髪もグチャグチャになっていることに。

好ましく思っている異性の前で、そんな格好はいただけない。

「って、あれ？　ボク制服のまま寝ちゃわなかったっけ？」

体を見下ろしたメルトラは、驚いて再び顔を強張らせる。

眠気のあまり制服のままベッドに飛び込んでしまったはずが、今の彼女はバスローブ姿だった。

もちろん本人に着替えた記憶はない。

「ゼナが着替えさせていたぞ。対抗戦は制服で出場するから、しわになったらみっともないと言っていた」

「あー……これからお母さんって呼ぼうかな、ゼナのこと」

面倒を見てもらった自分に対して苦笑いをもらしつつ、メルトラはベッドから立ち上がる。

その際に、ずっと寝ていた弊害《へいがい》が体に表れてしまった。

「あっ」

くらりと視界がぶれ、立ち眩《くら》みがメルトラを襲う。

そして床に転びそうになったところを、一瞬にして距離を詰めてきたアルが抱えるようにしてキャッチした。

「大丈夫か？」

「う、うん……軽い立ち眩みだから……あ！」

「？」

アルに支えられている状況で、メルトラは再びあることに気づく。

寝返りなどが原因で、自分のバスローブの胸元が大きくはだけてしまっていた。

少し角度を変えるだけで、胸そのものが見えてしまってもおかしくない。

メルトラは慌てて胸元を押さえ、苦笑いをアルへと向ける。

「どうした、さっきから落ち着きがないぞ？」

「な、なんでもないよ……」

アルは純粋にメルトラのことを心配している。

しかし彼女としてはそんな心配そっちのけで、もう少し意識をしてくれないものかと悶々《もんもん》とする羽目になっていた。

どちらが悪いという話ではないが、なんにせよ、傍から見ればメルトラの方が気の毒である。

「なんでもないならいいが……そうだ、メルトラ。今日は特に予定はないか？」

「え？　ああ、うん。予定らしい予定はないけど」

「それなら俺と一緒に中心街を回らないか？　明日はもう対抗戦だし、今日のうちに英気を養っておければと思ってな」

「……」

アルの言葉を受けて、メルトラは目を見開く。

一瞬、自分が何を言われているのか理解できなかった。

そしてようやく自分がアルから誘われているのだと気付き、感情が溢れ出す。

「え、えええええ⁉　も、もしかして……二人で⁉」

「ああ。ゼナとベルフェは野暮用《やぼよう》があるらしくてな。お前がよければ、二人で回ろうと思っているのだが……」

「ももも問題ないよ⁉　二人大歓迎！」

「そ、そうか……それならよかった」

メルトラのあまりの動揺具合に、アルも困惑を隠せない。

そしてテンションが上がりに上がったメルトラは、一度アルから離れ、シャワールームの方へと足を運ぶ。

「シャワー浴びてくるから、ちょっと待っててくれる⁉」

「ああ……分かった」

いまだ乙女心というものが分かっていないアルは、メルトラがシャワールームに駆けていった理由を察することができない。

ベルフェから度々《たびたび》教えられてはいるものの、肝心のベルフェ自身が乙女心を知識としてでしか持っていないため、いまいち上手く伝わっていないのが現状である。

――それはともかくとして。

待つこと十五分ほど。

簡単な風魔法で髪の毛を乾かしながら、制服へと着替えたメルトラがシャワールームより戻ってきた。

「ま、待たせてごめんね……？　もうすぐ出られるようにするから！」

「別に構わない。時間はまだまだあるからな。髪もゆっくり乾かせ」

「ありがとう……」

アルの言葉に甘えることにしたメルトラは、椅子に座ってゆっくりと髪を乾かす。

ゼナほど長くない彼女の髪は、魔法の力も相まってそう時間をかけずに乾ききった。

鏡の前で最後の身だしなみをチェックしたメルトラは、改めてアルの前に立つ。

「お待たせ！　もういつでも大丈夫！」

「よし、じゃあ行くか」

「うんっ！」

機嫌よさげに返事をし、メルトラはアルに続いて部屋を出る。

ホテルを出た二人が向かう先は、初めにアルが言った通り中央街だった。

昨日の騒ぎなどまるでなかったかのように、中央街は今日も活気に溢れている。

「わぁ……人もお店もたくさんあるね」

「ああ。昨日少しだけ回ったんだが、あの辺りに売っている串焼きが美味かったぞ。確かブレイブ串焼きとか言っていたか」

「へぇ……！　行ってみていい？　ずっと寝てたせいで、ボクもうお腹ペコペコなんだ」

「もちろん、構わんぞ」

メルトラはアルと共に串焼きの屋台へと向かう。

そして屋台の前まで来ると、まず店主がアルの姿に気づいた。

「おお！　昨日の兄ちゃんじゃねぇか！　あれ、今日は違う姉ちゃんを連れてんだな」

「違う姉ちゃん……？」

聞き捨てならない言葉を聞いてしまったメルトラの眉が、ピクピクと動く。

「ああ、銀髪のえらい美人な子を連れてたんだが……やるなぁ兄ちゃん。とっかえひっかえかい」

ああ、なんだ。ゼナか。

そのようにしてアルの相手に気づいたメルトラは、ホッと胸を撫で下ろす。

なんとなくだが、ゼナとメルトラは共同戦線を張っている。

恋のライバルであることには変わりないが、敵とも言いきれないのは確かだった。

「やるなぁという意味がよく分からないが、昨日と同じく串焼きを二本くれ」

「あいよ！　ブレイブ串焼き二本！」

金を払い、アルは串焼き二本を受け取る。

「ほら、メルトラ」

「ありがとう……」

そのうちの片方を受け取ったメルトラは、濃いめのタレによってテラテラと光沢を得た肉に視線を奪われた。

焼かれたことでタレと肉の芳ばしさが際立ち、メルトラの空っぽの胃をこれでもかと刺激する。

「いただきます……！」

まずは一口。

咀嚼《そしゃく》したその瞬間、メルトラの全身に幸福が流れた。

「美味しい……！」

夢中になって肉を頬張るメルトラ。

それを微笑ましく見ていたアルも、すぐに我慢できなくなり肉に齧《かじ》りつく。

「どんな高級な食事よりも、これの美味しさには勝てないかも……」

「丸一日何も食べていないわけだし、なおさら旨味を感じやすいんじゃないか？」

「多分そうだね……涙が出てきそうだよ」

感極まった様子のメルトラは、瞬く間に串焼きを食べきってしまった。

同じく串焼きを食べきったアルは、昨日は見て回れなかった方の通りに別の屋台を見つける。

「あれはなんだ？」

「ん？　……なんだろうね。遠目だとパンを売っているようにしか見えないけど」

興味深げに二人が近づくと、スパイシーな食欲を誘う匂いが鼻腔を直撃した。

串焼き一本では、まだまだ彼らの腹は満たされない。

「いらっしゃい！　勇猛《ゆうもう》牛の肉をパンで挟んだ〝ブレイブドッグ〟だよ！」

「勇猛牛！」

店主の放った言葉に、メルトラが反応する。

「勇猛牛？　知っているのか？」

「ブレイブアイランドにしか生息していない、すごく大きな牛のことだよ！　この島にあるものは基本的に持ち出しちゃいけないから、これも多分ここでしか食べられないいんじゃないかな」

「なるほど、じゃあ食べなければ損だな」

「だね！」

腹を空かせたメルトラと、いつも通りのアル。

二人はすぐに〝ブレイブドッグ〟に跳びつき、そしてまたもやあっという間に腹に納めるのであった。

それからというもの、二人は食べ物の屋台を見つけては食し、資金が尽きればその都度換金するという一連の流れを作り出し、中心街を思う存分楽しんだ。

「ふぅ……さすがにもうお腹いっぱいかな」

一時間以上全力で楽しんだ後、メルトラは中心街にある噴水広場のベンチに深々と腰かけた。

隣に座ったアルも、幸せなことを隠しきれない様子で空を見上げている。

「美味いものばかりだったな」

「だね……ちょっと食べ過ぎた気もするけど」

「問題ないだろう。むしろ過剰なくらい蓄えておかなければ、自分の成長速度についていけなくなるぞ」

「ボクの成長スピード？」

「ベルフェからの受け売りだがな。体の疲労は抜けてきているが、ここ一ヵ月で失ったエネルギーが多すぎて、簡単には取り戻せないんだそうだ。だから今日はとにかくエネルギーになるものを体に入れる必要があるらしい」

「そうなんだ……そう言われてみれば、なんだかもうお腹が空いてきたかも」

メルトラは冷静に自分の腹を見下ろす。

かなりの量を食べたのだから、少しは腹が出てしまっていてもおかしくない。

しかし現在のメルトラの腹は、出っ張るどころかむしろ凹《へこ》んでいるようにすら見えた。

そしてあれよあれよという間に、メルトラの腹は空腹の音を奏《かな》でる。

「あ……」

「ふっ、人間の体は不思議だな」

とっさに腹を押さえるメルトラを、アルは笑う。

メルトラは当然羞恥《しゅうち》を覚えるが、アルが決して自分を馬鹿にしているわけではないと知っているため、文句は言わない。

「もう一周するか？　付き合うぞ」

「……ボクはともかくとして、どうしてアルも同じ量を食べられるのかな？」

そんな風に疑問を抱くメルトラだったが、深堀したところできっと何も分からないのだろうと悟り、そこで言葉を止めた。

「そこの二人、止まれ」

「っ！」

——来た道を引き返そうとした彼らの前に、二人の男女が現れる。

そして次の瞬間、メルトラ、アルの視界は、黒に染まった。

（なに……⁉）

視界も戻らぬまま、メルトラの体は冷たい何かに包まれた。

呼吸すらできない。

そこが水、ましてや海の中だと気付くことができたのは、アルによって海面へと引っ張り上げられた時だった。

「大丈夫か、メルトラ」

「げほっげほっ……な、なんとか……少し水飲んじゃったけど」

メルトラの無事を確認したアルは、周りを見回す。

ブレイブアイランドの気配は、まだ近くに感じていた。

つまりここは、ブレイブアイランドの近海。

よく目を凝《こ》らせば、かろうじて遠くに島影が見えてくる。

(船がなければ相当苦労しそうな距離……俺たちは転送されたのか)

転送魔法。

術式としてはかなりの高難易度魔法に分類される、離れたところを一瞬にして移動することのできる魔法。

強制的に相手を指定した場所へ飛ばすことができるため、便利であることも確かだが、戦闘においても強力な武器となる。

「……支え合わなければ水にも浮けない。それでこそ弱者の姿です」

「ッ⁉」

海に浮かぶ二人に、先ほど街中に現れた二人組の男女が海面を歩きながら、ゆっくりと歩み寄ってきた。

黒い装束《しょうぞく》を身にまとい、顔の左側にそれぞれ同じ形のタトゥーが入っているという風貌《ふうぼう》。

なんとも言えない不気味さを醸《かも》し出す二人に、メルトラはわずかながらに身震いする。

「今日は素晴らしい日ですねぇ。まさかゴミの処分をお任せいただけるとは！」

「……お前たちは何者だ」

「おや、ゴミでも会話ってできるのですね。まあいいでしょう。これから死に逝《ゆ》くあなたたちへ、自分を殺した人間の名を刻みつけてあげます」

その男女は、おもむろに黒装束を脱ぐ。

するとその下に出てきたのは、ガオルグやバルフォたちと同じ格好――バルザルク帝国勇者学園の制服だった。

「バルザルク帝国勇者学園、〝王の親衛隊〟一番隊隊長、イルムス＝サヴェンタです。あなたたちが死ぬまでのわずかな時間だけでも、どうかお見知りおきを」

「……同じく、〝王の親衛隊〟一番隊隊長、エルナ＝セルメンティ」

「我ら二人、王の命令に従いあなたたちの下へ参上しました」

皮肉気味にそう告げた男、イルムスは、アルたちに深々と頭を下げた。

「王の命令……まさか、その王とはガオルグのことか？」

「っ！　気やすくあの方の名を呼ぶな！　エルレインのカス共が！」

「っ……」

突如として発生した高波が、アルたちを包み込む。

上も下も分からなくなるほど流れにかき回される中で、アルは冷静に状況を分析していた。

（水魔法、これはあの女の魔法だな。では転送魔法は男の方の魔法か）

二人の力量から見るに、どちらの魔法も一人が使っているという可能性は限りなく低かった。

転送魔法のスペシャリストと、水魔法のスペシャリスト。

まず転送魔法の使い手が海上へと敵を移動させ、水魔法の使い手が己に有利な状況で一方的に相手をいたぶる。

戦法としては、これ以上はない最適解だ。

（……っと、メルトラが限界か）

水に揉まれる中、懸命に口元を押さえて耐えるメルトラを見て、アルは思考を一度打ち切る。

そしてメルトラを腕で強く抱え、心の中である魔法の名を唱えた。

（〝アイスフィールド〟）

直後、彼らの体は強い力で押し上げられ、海面へと浮上する。

そしてその強い力の原因となった巨大な氷の足場が、彼らの足場となった。

「げほっ……ご、ごめん……アル。また助けられちゃった」

「気にするな。奴らの能力はお前とかなり相性が悪い」

「うん……」

メルトラは、基本的には近接戦闘を得意としている。

魔法も使えないことはないが、戦闘経験が足りないが故にとっさに対応するということができない。

アルから見てメルトラの力が劣っているようにはまったく見えないが、先手を取られたというこの状況が彼女の強みをほとんど殺してしまっていた。

「ほう、思ったよりもやるようですね。まさか氷魔法の使い手だったとは。名簿を見る限り、あなたはただの平民と見受けられたのですが」

イルムスは手元にあった紙の束と、アルの顔を見比べる。

その様子を見るに、自分たちの情報が彼らに知られてしまっていることは明白だった。

「まあ、前回二位の学園で選抜されているくらいですから、ある程度実力は伴《ともな》っているようですね。少々気を引き締めなければ」

「……ガオルグの命令でお前たちが俺たちの命を狙っていることは分かった。しかしこんなこと、他の参加者にもしているのか？」

「ええ、まあ。学園対抗戦にて、我々に手を出さないよう少しお話させてもらうだけですけどね。明確な殺害許可が出たのは、あなたたちだけです」

「そんなに恨まれるようなことをした覚えはないぞ」

「さあ、理由など知りません。大方、王の行く手を阻んだとか、イラつくような行動を取ったとか、そんなところでしょう」

「……」

アルは昨日のことを思い返すが、イルムスの言った要素についてはかなり心当たりがある。

「それだけの理由、なのか」

「王を怒らせた……処刑される理由としては十分では？」

「そんなことはないと思うぞ」

自分が王であったからこそ出たセリフ。

しかしそんな彼の態度に、再びエルナの怒りが爆発した。

「我が王を否定するとは何様だ……！　必ず殺してやるぞ」

「さっきから物騒なやつだな、お前」

「っ！　〝アクアフォール〟！」

エルナが海に手をかざすと、突如としてアルたちのいる周りの海面が巻き上がった。

そしてそれらはアルの頭上で巨大な塊を作る。

「近くに大量の水があるだけ、水魔法の威力は数段階桁が上昇する！　さあ！　潰れてしまえ！」

そんなエルナの声と共に、水の塊は一気にアルたちに降り注ぐ。

数トン単位の水が直撃すれば、常人の体は粉々になってしまうことだろう。

「……舐められたものだな」

アルは降り注いでくる海水を眺めながら、指を一つ鳴らした。

その直後、アルの頭上に風が集まり、塊を形成し始める。

「〝ウィンドバレット〟」

アルがそう告げれば、風の塊は真っ直ぐ上空へと撃ち出される。

その際、頭上にあった大量の水を吹き飛ばして――。

「は……？」

「お前程度の使い手がいくら海という地の利を得たところで、大した脅威にはならん」

「だ、黙れ！」

冷静さを欠いたエルナは、両手をアルに向けて突き出す。

「海の藻屑《もくず》と化せ……！　〝アクアトルネード〟！」

エルナがそう魔法名を告げると、アルの周りに巨大な渦が複数発生した。

それらは水の流れによって作られた、ミキサーのようなもの。

飲み込まれれば、魔力が含まれた水の流れによって粉々に粉砕されてしまうだろう。

「あ、足場が……！」

メルトラがこぼした通り、一部砕けた氷の足場が渦の中に呑み込まれ、そのまま細かくなって消えてしまう。

あれが人体だったらと思うと、かなり恐ろしい技だと言えるだろう。

そう、アルの前でなければ――。

「……言っただろう、大した脅威ではないと」

アルがそう告げると、迫りくる水の渦が突如として進行を止めた。

ただその場に留まり続ける渦たちを見て、エルナは目を見開く。

「エルナ、何をしているのです？　早くあの渦で彼らを呑み込んでしまいなさい」

「――いんだ」

「は？」

「渦が動かないんだ！　魔法を乗っ取られた！」

「なっ⁉」

驚愕《きょうがく》する二人を前に、アルはニヤリと笑う。

「さあ、お返しだ」

そうして彼の周りにあった渦たちは、イルムスらを呑み込まんと一斉に動き出した。

（まずい……！）

迫りくる渦たちを前にして、イルムスは一度手を打ち鳴らす。

その直後、渦たちはちょうど彼らがいた場所を呑み込んだ。

渦同士がぶつかり、混ざり合う。

「すごい……！」

「――いや、駄目だ」

「え？」

やがて渦が消えると、そこには何もなかった。

肉片も、血の赤さえも、何も。

「どうやら逃げたようだ……転送魔法でな」

「転送魔法って……さっきボクらをここまで飛ばした魔法⁉」

「ああ」

「じゃあ、もう遠くに行っちゃったってこと？」

メルトラの問いかけを受けて、アルは目を閉じる。

「……そうみたいだな。周辺にやつらの気配はない」

「そっか……」

メルトラも自分で索敵《さくてき》を行うが、やはり彼らの気配はどこにもなかった。

不安そうに顔を伏せたメルトラを見て、アルはその頭を撫でる。

「わっ！　な、何⁉」

「そう心配するな。バルザルクの選抜メンバーが奴らではないということは、実力も大したことないということだ。少なくとも俺やお前の敵ではないぞ」

「そ、そうなの、かな？」

アルはともかくとしても、自分が相手にする場合はかなり苦戦しそうだったけれど――。

メルトラとしては、首を傾《かし》げずにはいられない。

「でも、転送魔法って厄介だね。さっきも別に触れられたわけじゃないのにここまで飛ばされちゃったし」

「ああ。だが、使い手に難ありと言ったところだな」

「そうなの？」

「まず転送魔法というのは、制約が多い魔法だ。転送させるものは必ず視界に捉えておかなければならないし、転送先も自由自在ってわけじゃない」

アルはそう説明しながら、足元を指差す。

「もしも転送先が自由自在だったのなら、俺たちを海底に送り込むだけでよかった。圧倒的な水圧で、何もさせず殺害できるからな」

「確かに……！」

「何故それをしないのか、理由は一つ。転送先には、術者自らが出向き〝マーカー〟をセットしなければならないからだ」

転送魔法の前準備、〝マーカー〟。

自らの足で出向いた先で、自分の魔力を用いて楔を打ち込まなければ、転送魔法は発動しない。

物理的に存在する物ではないため、打ち込む場所は空中でも、地面でも、建造物の壁でも問題はない。

しかしこの自らが、という部分がかなりの難所。

たとえば火山の火口に相手を落とすために、溶岩の上に〝マーカー〟をセットしたい場合、まずその溶岩の真上に一時間ほど滞在していなければならない。

相手を危険な場所へ飛ばしたいと考える場合、自分もその危険な場所に居続けるというリスクを冒《おか》す必要があるのだ。

「イルムスという男は、まずそういった環境に身を置けるほどの実力を持たない。そしてもう一つ、大きな欠点がある」

「大きな欠点？」

「転送魔法の発動には、大量の魔力が必要になる。俺の見立てでは、一日に奴が使える転送魔法は二回が限度。もしそれ以上使えるのであれば、エルナとかいう仲間の攻撃が確実に当たるよう、タイミングを合わせて俺たちを再度転送すればいい」

「……そっか。それをしなかったってことは、そもそもできないって考えるべきなんだ」

「そういうことだ。だから奴らはここへも戻ってこない。行きと帰りで、もう魔力はすっからかんだろうからな」

転送魔法は、世界的にも有用な魔法という風に知られていた。

その会得《えとく》難易度も相まって、使い手はかなり重宝される。

「ただ、一日に二回しか転送できない人間には宝の持ち腐れだ。使い手に難ありと言ったのは、そういう意味だ」

そう言ってのけるアルを見て、メルトラは呆れた様子で頬を掻く。

（いや……ボクにはまだ十分脅威に見えるんだけど）

メルトラの見解《けんかい》は間違っていない。

現在の転送魔法の使い手は、一日二回魔法を使えればかなり高い評価を得られる。

アルの基準でも物事を考えるのは、ある意味もっとも残酷な行為だ。

「ひとまず戻るとするか」

「うん、そうだね。あ、でもどうやって戻ろう？」

「風魔法で飛んで行けばいい。ほら」

「うわっ⁉」

アルが指を動かすだけ、メルトラの体はふわりと宙に浮いた。

そして自分自身も浮かせたアルは、そのまま風魔法の力で島の方へ移動し始める。

「す、すごい……！　風魔法ってこんな風に飛べるんだ！」

「浮かせることとさえできれば、後は簡単な技術だ。いずれ教えてやろう」

「え……割と世界に革新が走るレベルの技術だと思うんだけど……」

困惑をそのままに、メルトラはアルと共に島へと戻った。

◇◆◇

「証拠がないと取り締まれないってどういうことなの⁉」

噴水広場まで戻ってきた二人。

いまだ活気が衰《おとろ》えないその場所に、メルトラの叫びが響いた。

「調査はするって言ってくれたけど、明日までには絶対間に合わないよ……」

「だろうな。それにあの二人は当分姿を眩ますだろうし、ガオルグ本人を尋ねたところでしらを切られるだけだ」

「卑怯だよ……そんなの。アルがいたからボクは助かったけど、もしあの時一人でいたらと思うと……」

メルトラの表情が曇る。

先ほど憲兵に言われた言葉は、今の会話であった通り。

国同士の争いである以上、陰謀や裏工作は当たり前に存在する。

それこそバルザルク帝国がやっているように他の学園を脅すことだったり、反対に脅されたと因縁《いんねん》を吹っ掛けられたり。

どちらの手口も横行《おうこう》しているせいで、簡単に「はいそうですか」と取り締まることができないのだ。

故に勇者祭の運営側を一方的に責めることはできない。

それを理解しているからこそ、メルトラはここまで引き下がってきた。

「……すべてガオルグの仕向けたことなのであれば、奴の采配《さいはい》は中々だな」

「アル！　どうして相手を褒めるのさ！」

「あまりにも哀れだからだ」

「あ、哀れ……？」

「明日の対抗戦。他の学園が軒並み脅されていると考えると、実質俺たちと奴らの一騎打ちになるだろう。そして俺たちがエルレインの生徒として例年通りの実力だったのなら、おそらくこの時点で勝敗は決している」

アルはそこまで淡々と告げた後、口角を少し持ち上げた。

「だが、残念なことに俺たちは例年通りの人間じゃない」

「そ、それは……」

「奴らの完璧な作戦ごと叩き潰してやろうではないか。元魔王らしく、理不尽に」

そう言い放ったアルを見て、メルトラは思わず身震いする。

興奮だったり、恐怖だったり、好奇心だったり。

それらが一気にメルトラの中から溢れ出した。

「……さすがはアルだね。敵《かな》わないや」

「ふっ、俺についてきたことを後悔させるつもりはないぞ」

「うん、期待してる」

「その意気だ。……もうじき夕方だな。そろそろ戻らねば、ホテルの夕食を逃すかもしれん」

「あ、そうだね。じゃあ――」

中心街を後にしようとホテルの方へと足を向けた時、二人は自分たちに向かって歩いてくる女性の姿を目で捉えた。

先ほどの一件を経て警戒心を強めていたメルトラは、神経を一瞬にして尖らせる。

ただの一般人なのであれば、このまま通り過ぎてくれ。

そんな願いとは裏腹に、女性は二人の前で足を止めた。

「……よォ、我が主」

「ッ⁉」

女性が発した声に、メルトラは驚く。

それもそのはず。

彼女の口から放たれた声は、どう聞いても男の声だったのだから。

「……バルフォか」

「せーかい！」

次の瞬間、女性の頭だけが、青髪の男のものへと変化した。

「えっ⁉」

メルトラはギョッと目を見開く。

しかしその時にはすでに女性の顔は元に戻っており、まるで今見えた男の頭は目の錯覚《さっかく》であったかのような振る舞いを見せていた。

「その格好はどうした？」

「ああ、わりィね。元の格好だとガオルグに見つかった時に面倒なことになるからさ。スムーズに動くための変装ってわけ」

「……なるほどな」

会話の内容がさっぱりなメルトラは、アルと女性の顔を交互に見比べていた。

その様子に気づいたアルが、改めて口を開く。

「そうだ、まだメルトラは会ったことがなかったな。奴は元魔王軍幹部、〝暗楽のバルフォ〟。今はバルザルク帝国勇者学園の生徒で、今回の学園対抗戦の選抜メンバーだ」

「元魔王軍幹部って……アルの仲間、でいいんだよね？　バルザルク帝国の人だけど……」

「ああ、そうだ。だから安心していいぞ」

「……」

そうは言われても、メルトラから見たバルフォはどうしたって胡散臭《うさんくさ》い。

敵意はなくとも疑いの視線を向けてくる彼女に対し、バルフォは笑いをこぼす。

「だははは！　いいねぇ、おチビちゃん。オレをちゃんと警戒してくれていて嬉しいぜ」

「……訝《いぶか》しげな視線で見ているのに、喜んでるの？」

「おうよ。だってあんたはアルドノア様の仲間なんだろ？　赤の他人が近づいてきた時にホイホイ懐いちまうような奴じゃ、オレたちの主の情報を漏らしちまうかもしれねェじゃねェか。だからあんたの態度は間違ってねェよ」

「……」

快活に笑うバルフォを見て、メルトラは呆気に取られる。

しかしなんとなく今の言葉は本音であるように聞こえて、少しだけ警戒の念を解いた。

「バルフォ、メルトラは俺の親友だ。あんまりいじめないでくれ」

「分かってるよ。からかうくらいに留めておいてやるさ。……とまあ、そんなことよりもだ」

バルフォはアルとメルトラの体を交互に見る。

「……どうやら無傷みてェだな。今頃うちの学園の連中に襲われてんじゃねェかと思って探してたんだが」

「ああ、さっき襲われた。なんとか返り討ちにできたが」

「いや、絶対余裕だったろ……」

バルフォの言葉に、メルトラが何度も頷く。

自分自身はかなり焦っていたが、アルがだいぶ余裕そうだったのは間違いない。

「ま、無事ならいいや。……と、それともう一つ」

「ん？」

「明日のことで、ちょっと謝らねェといけねェことがあって」

バルフォはどこかばつの悪そうな顔で、自身の頭を掻く。

「アルドノア様がお望みの、元魔王軍幹部同士の戦い……ちょっと上手いことといかなそうなんだ」

「……どういう意味だ？」

「――まあ、明日になりゃ分かる。今は知らない方が都合がいい。だから今は、謝罪だけ先にさせてほしかっただけだ」

「ふっ、身勝手な謝罪だな」

「いつものことだろ？」

「ああ、相変わらずで安心した」

笑い合う二人を交互に見た後、メルトラは少し目を伏せた。

メルトラに、前世のアルのことは分からない。

魔王アルドノアという〝災厄〟として語り継がれた伝説。

歴史として学んだことは、確かに覚えている。

しかし、彼が歩んできた本当の人生を知ることはできない。

魔王軍の幹部たちと、その王の間にある絆。

メルトラにはそれが、たまらなく羨ましくなる時がある。

「……メルトラっつったな、確か」

「え？　あ、うん。そうだけど」

「わりィけど、しばらくアルドノア様――つーか、アル様？　のこと見守っててくれよ」

「ど、どうしてボクにそれを頼むの？」

メルトラにそう問いかけられ、バルフォはどこか呆れた様子で肩を竦めた。

「オレたちはあくまでアル様の配下だ。この人に仕えることを喜びにしているし、不満なんか一切ねェ。だけどたまに、あんたみたいにこの人と対等に話せる奴が羨ましく思う時があるんだよ」

「羨ましい……？　ボクが？」

「おうよ。前世だったらそうだな……勇者レイドだっけ。あいつもちょっと羨ましかったなァ。オレらはアル様に食って掛かれねェけど、あいつはいっつも噛みついてやがったし」

懐かしむように、バルフォは目を細める。

メルトラは自身の感覚で、彼が嘘偽りない気持ちを口にしていることを理解していた。

「別に噛みついてきても構わんのだが」

「馬鹿言っちゃいけねェよ。あんたに噛みついたら、あんたについていく自分を貶《けな》すことになる。オレたちはこれでいいし、これがいいのさ」

そう言って、バルフォは爽やかに笑った。

野暮だと思い口には出さないものの、アル自身はバルフォに、そしてゼナ、ベルフェ、スキリアに、惜しみない感謝を向けている。

何故生まれてきたのかも分からないような男に、千年という時を越えてまでついてきた。

その曇りなき忠誠心を、自分は大事にしなければならない。

アルは強くそう自分の心に言い聞かせた。

「じゃあ、オレはそろそろ行くぜ。また明日な、二人とも」

「ああ、また明日」

去って行くバルフォを、二人は見送る。

「……前にバルフォの話は少し聞いたけど、なんだか印象が違ったよ」

そうこぼしたメルトラの顔に、アルは視線を送る。

「思ったよりも爽やかだったっていうか……曲者だって聞いてたから、ちょっと警戒しちゃったよ」

「バルフォは仲間には決して嘘をつかない男だ。肝心なことは話さなかったり、誤《ご》魔化《まか》したりすることもあるが、それも何か考えがあってのこと」

「へぇ……じゃあボクに対して嘘をつかなかったってことは、ボクも仲間として認められたってことでいいのかな？」

「ああ、間違いない。奴の主である俺が保証する」

メルトラの心の中に、じわじわと広がるような喜びが芽生える。

バルフォも、メルトラも、相手を羨ましく思う気持ちは同じ。

共に生きた時間を羨むメルトラと、立ち位置を羨むアルの配下たち。

お互いがお互いを羨んでいるからこそ、彼らも対等でいられる。

「アル、ボクもっと強くなるよ」

ずっとアルたちの側にいたい。

そう口にすれば、きっと彼らは自分の居場所を作ってくれる。

しかし、それでは駄目だとメルトラの本能が言っていた。

心でも、力でも対等に――。

今までよりも強くそう思ったメルトラは、強い眼差しをもってアルを見た。

その様子を見て、アルは笑みを浮かべる。

「ああ、そうしてくれ。俺もお前にはずっと側にいてほしいからな」

「うんっ！　ずっと――って、え？」

一瞬遅れて、メルトラの頭はアルの言葉を処理する。

そしてその内容を理解した瞬間、彼女の頭はショートした。

「ず、ずっと⁉　アル⁉　そそそ、それはどういう……」

「む？　親友として共にありたいと思うのは、普通ではないのか？」

「あ……し、親友ね……そうだよね」

冷静になったメルトラの頭が、〝そんなことだろうと思ったよ〟と告げた。

分かっていたのは事実。

しかしそれでも期待してしまうのが、難しい乙女心というやつである。

「よし、では帰るぞ」

「……うんっ」

日が陰《かげ》る中、二人は並んで噴水広場を後にした。

第六話：魔王、たどり着く

生《お》い茂る木々の影に身を隠し、メルトラはそっと息を殺していた。
そんな彼女の周りに複数の足音が聞こえてくる。
その足音たちは、まるで誰かを探すように木々の周囲を動き回った。
（どうして……）
メルトラは口を押さえ、頭の中で嘆く。
（どうしてこんなことになっちゃったの……⁉）
彼女がどうしてこんな風に隠れなければならなくなったのか。
それを説明するためには、およそ三十分前まで時間を遡《さかのぼ》らなければならない――。

◇◆◇

およそ三十分前。

ブレイブアイランドの中心街から少し離れた場所にある、勇者の祭壇。

かの勇者、レイドを祭るべく用意されたその気高《けだか》き祭壇の前に、今回の学園対抗戦の選抜メンバーは集められていた。

「わぁ……結構多いね」

「今回参加しているのは、確か二十ヵ国ほどだったかと。ここにいる選抜メンバーだけで、およそ六十名いることになりますね」

「六十人か……」

ゼナに説明を受けたメルトラは、おもむろに選抜メンバーたちの顔色を窺《うかが》い始める。

(……緊張で、ってわけじゃないよね)

昨日の話を知った上で見てみれば、どことなく彼らは青い顔をしているように見えた。

緊張や不安というより、恐怖。

彼らがすでにバルザルク帝国の人間から脅されているのは事実であるようだ。

「昨日アル様とメルトラから聞いた話の通りなら、これから行われる学園対抗戦は我々とバルザルク帝国の一騎打ちということになりますよね」

「ああ。俺としては手間が省《はぶ》けて助かった」

「同感です。面倒事は少ないに限りますから」

そんな会話をこぼす二人を見て、メルトラは心強さを覚える。

それから少し時間が経ち、学園対抗戦の運営側の人間が、祭壇に登った。

選抜メンバーたちの注目が、一気にその人間に集まる。

『ようこそ、勇者の意志を継ぐ、選ばれし者たち！』

拡声の魔法が施された魔石によって、運営の男性の声は全体に大きく響いた。

『これより、本年の学園対抗戦の種目を発表する』

そう告げながら、運営の男性は手に持っていた小さな鍵を掲げてみせた。

『一つの学園につき一本、この鍵を渡す。君たちには今からブレイブアイランドの一区画を使ったサバイバルゲームに参加してもらい、この鍵を奪い合ってもらう』

「サバイバルゲーム……⁉」

声を漏らしたのは、メルトラだけではなかった。

島を使ったサバイバルゲーム。

その言葉に反応し、他の国の選抜メンバーもざわめき出す。

『ここに来て初めてのゲーム内容に驚いていることだろう。しかし、ルールはそう難しくはない。君たちの目的は、日没までこの鍵を集め続けること。武力でねじ伏せ、無理やり奪うもよし。脅しや交換条件を用いて、穏便《おんびん》に奪うもよし。優勝者は、タイムリミットになった瞬間にもっとも多く鍵を持っていた学園となる』

聞いている限りでは、確かに複雑な内容ではなかった。

とにかく鍵を多く集める。

彼が出した例の他にも、盗む、隠す、囮《おとり》にするなど、戦い方は千差万別《せんさばんべつ》。

真正面からのぶつかり合いより、学園ごとの個性が色濃く出る競技であることが予想された。

『入場する前に、各学園の制服に守護の魔法を施す。これは一定以上のダメージを負うと自動的に発動し、以降追撃を受けなくする効果がある。しかし守護の魔法が発動している間、その者は一切その場から動けない。身体機能の一定以上の回復が見られれば守護の魔法が解除されて動けるようになるため、回復魔法が使える人間は積極的に仲間にかけてやるべきだろう。原則、このゲームにリタイアという概念は存在しない。ゲームを放棄したい者がいるなら、タイムリミットが来る前にエリア外に出ること。以上、何か質問は？』

捲《まく》し立てるように、男はそう言い放った。

質問の手は上がらない。

皆概ね知りたいことは知れた。

『では、それぞれ所定の入場位置へと移動してもらう。各学園、担当の運営についていってくれ』

それから選抜メンバーたちは、自分たちの担当となった運営の人間について祭壇前を離れた。

入場位置はランダム。

誰がどの辺りからエリアに入ったのかは分からないようになっていた。

そしてアルたちも、運営に案内された所定の位置に立つ。

「こちら、エルレイン王立勇者学園の皆様の鍵となります。誰がお持ちいたしますか？」

「……どうする？」

案内役の女性が差し出してきた鍵。

一つの学園につき、鍵は一本。

当然ながら、奪われにくい者が持つことが鉄則となる。

「アル様でよいかと。誰が相手でも、アル様から何かを奪うというのはほぼほぼ不可能ですから」

「うん、ボクもそれでいいと思う」

二人からの推薦を受け、アルは鍵を受け取る。

肌身離さず持てるよう、鍵にはあらかじめネックレスなどにするための紐がついていた。

アルは鍵を首にかけ、制服の胸元へ隠しておく。

「では、エルレイン王立勇者学園の皆様、健闘をお祈りしております」

運営の女性に見送られ、アルたちはエリアへと足を踏み入れた。

ゲームのエリアの大半は、山となっている。

木々が生い茂り、視界は極めて悪い。

「さて……どう動く？」

「そうですね……私の感覚でしかありませんが、序盤に鍵を集められるだけ集めておいた方がよいのではないかと」

「なるほど、どうしてそう思う？」

「このゲームは、最終的に鍵を多く持っていた者が勝利します。参加国は二十しかないので、どこかの学園が十一個集めて身を潜めてしまった時点で逆転の芽はなくなってしまう。それを避けるために、まず我々が先に十一個集めなければならないのではないかと」

しかも、このゲームはすでに崩壊を始めている。

バルザルク帝国に脅された各国の生徒たちは、ガオルグに遭遇《そうぐう》した時点で鍵を譲渡する。

故にそうなってしまう前に鍵を奪い取らなければ、鍵を隠されてゲームセット。

アルやゼナの探知能力があればガオルグの位置は分かるかもしれないが、バルフォとスキリアが本気で身を隠したら、見つけられる自信はない。

「分かった、ここはゼナの方針で行こう」

「うん、ボクも賛成」

方針が決まったところで、アルは自信ありげに笑いをこぼす。

「ふっ、まあ仮にこの方針が上手くいかなかったとしても、最終的にはこ、この、エ、リ、ア、全体を吹き飛ばしてしまえばいい。今はただゲームを楽しむとしよう」

そんな言葉を告げたアルを前にして、二人に戦慄が走る。

（絶対に先に鍵を半数以上集めなければ……）

（絶対に先に鍵を半分以上集めておかないと……！）

いくら小さな島とはいえ、ゲームエリアはかなりの規模だ。

ここを吹き飛ばすなんてことになれば、島の約三分の一が消失することになる。

誰が聞いても夢物語にしか思えない発言だが、ゼナとメルトラはアルが容易にそれを実行できてしまうことを知っていた。

故に言葉を交わさずとも意見が一致するのは、当然の結果である。

「じゃあどこに向かう？　やっぱり人が集まりそうな中心かな？」

「いや、もっとも鍵を効率よく集める方法を思いついた」

「え？」

ドヤ顔で言い放つアルに対し、メルトラはどことなく嫌な予感を覚えた。

「三人がそれぞれ別の方向に進み、手分けして鍵を集めよう。そうすれば効率は三倍になるだろう？」

「……」

なんと頭の悪い理論だろうか。

メルトラは思わず言葉を失う。

この究極に悪い視界の中で孤立するなんて、自殺行為に等しい。

しかしメルトラの意見からかけ離れた人間は、ここにもう一人――。

「さすがアル様！　素晴らしい考えです！　確かにその方が手っ取り早いですね！」

「そうだろう。というわけで、俺は中心に向かおうと思う。ゼナはエリアを左から回ってくれ。メルトラは右だ」

「はいっ！　かしこまりました！」

それぞれ背を向け、スタート地点から離れて行こうとする二人。

メルトラはそんな彼らの背中を、慌てて呼び止めた。

「ちょ、ちょっと⁉　本気で言ってるの⁉」

「ん？　ああ、そうだが」

「いくらなんでも敵ばかりの場所で一人なんて……」

「……大丈夫だ、メルトラ」

不安げなメルトラに、アルは笑いかける。

「お前ならこのエリアにいるどんな敵とぶつかっても問題ない。必ず勝てる」

俺を信じろ――。

アルのその言葉に、メルトラは押し黙る。

彼の屈託《くったく》のない顔は、本気でそう思っているということを証明していた。

ここまで言ってもらった上で、それでも駄々《だだ》をこねるなんて真似はできない。

「……分かった。やってみるよ」

「ああ、その意気だ」

「集合場所はここでいい？」

「そうしよう。タイムリミットの日没が近くなったら、ここに集合だ」

「うん」

一人でもやってみせるという決意を固め、メルトラはアルとゼナから離れた。

自分が彼らよりも劣っていることなんて理解している。

しかし、だからって頼っていい理由にはならない。

対等でいたいのなら、自分の足で立つしかないのだ。

(退避を考えるのはバルザルク帝国の人たちとぶつかった時だけ……それ以外は相手が何人だったとしても鍵を狙いにいく……っ！)

あらかじめ方針を決定しておくことで迷いを消す。
そうして山をかけることしばらく。
「っ！　いた！」
メルトラの視界に、人影が映る。
先手必勝。
ソウルディザイアを顕現させたメルトラは、その人影との距離を一気に詰めた。
「っ！　いたぞ！　エルレインの制服だ！」
「……え？」
メルトラは、そこで異常に気付く。
人影の数が、異様に多いのだ。
本来であれば、多くても三人のはず。
しかし今見えている人数は、九人。
制服のデザインを見る限り、三つの学園がそこに集まっていた。
（ど、どうして戦っていないの⁉）
思わず足を止めたメルトラに向かって、九人の学生たちは一斉に魔法を放った。
襲い来る様々な属性の魔法を前にして、メルトラは慌てて退避する。

相手が何人だろうと。そう心に決めていたはずだが、まさか九人もいるとは思っていなかった。

想定外の出来事に、メルトラの頭はパニックを起こす。

「逃がすな！　エルレインの連中はここで必ず仕留めるぞ！」

「「「おお！」」」

一致団結して襲い掛かってくる学生たち。

さすがに数の暴力が強すぎる。

メルトラは急いで方向転換し、九人から逃げるように駆け出した。

「どうしてボクらを襲ってくるんだよー！　脅されて勝負を降りてるはずじゃ——」

そこまで口にして、メルトラは気づく。

バルザルク帝国に脅されて勝負を降りたのではなく、脅されて協力させられているのだとしたら。

彼らがエルレインの人間を狙っているのは、そうするように命令されているのだとしたら。

「や、やられた……！」

いくら協力関係を結んでいたとしても、こんなに早く合流しているのはあり得ない。

おそらく、あらかじめそれぞれの学園が集合場所を取り決め、そこに向かって一直線に走ったのだ。

そんな談合《だんごう》ができるということは、つまり。

（もう鍵は全部バルザルク帝国の人たちに渡っている可能性が高いってことじゃないか……！）

最悪の考えが頭に浮かび、メルトラの顔から血の気が引く。

アルたちにも知らせたいところだが、今は追いかけてくる連中をなんとかしなければならない。

こうしてメルトラは、木々の影に身を隠すことになる。

そして場面は、冒頭へと繋がった――。

「……ふぅ」

メルトラは動揺した自分の心を落ち着けるべく、一つ息を吐いた。

彼女に足りないものは、一年生という立場からくる経験不足。

不測の事態に動揺し、冷静な判断力を失ってしまうのが悪い癖だった。

（落ち着け……相手は九人。厄介だけど、勝てない相手じゃない）

しっかりと状況を整理したメルトラは、勢いよく木々の影から飛び出した。

そしてもっとも近くにいた他国の男子生徒に目を付け、一気に肉薄する。

「来て！　ソウルディザイア！」

「はッ⁉」

隠れる際に消しておいたソウルディザイアを、メルトラは再び顕現する。

そしてその手に握ると同時に、彼の体を一刀の下に斬り捨てた。

「ぎゃっ――」

男子生徒がその場に崩れ落ちると、制服に付与《ふよ》された守護魔法が発動。

彼の体は青白い光に包まれ、あらゆる攻撃を拒絶するようになった。

「ひ、一人やられた！」

「大丈夫だ！　まだ八人いる！　いくら相手がエルレインだからって、人数をかければ倒せるはずだ！」

比較的リーダーシップのある男が、慌てふためく他のメンバーを落ち着かせた。

しかし、メルトラからすれば一瞬あれば十分。

態勢を立て直そうとしている者たちの前で、横薙《な》ぎに剣を振るう。

「あっ⁉」

「いっ……⁉」

こうしてまた二人の人間が青白い光に包まれた。

これで戦闘不能者は三人。

残りは六人となった。

「ひっ、怯《ひる》むなァ！」

リーダー格の男が、抜身の剣を振りかぶりメルトラへと飛び掛かってくる。

その後ろでは、魔法を扱う者たちが詠唱を開始していた。

（この程度なら――）

メルトラはソウルディザイアを盾の形状へと変化させると、リーダー格の男の剣を弾き返した。

そしてついでとばかりに大きく距離を取る。

「しめた！　距離を取ったぞ！」

リーダー格の男がニヤリと笑う。

魔法の詠唱が進んでいる現状、距離を取るという行為は完全な悪手。

中距離に立つ近接戦闘職は、ただの的にしかならない。

そう、相手がただの近接戦闘職なのであれば……。

「ソウルディザイア・モード〝アロー〟」

彼女の手に握られたそれは、青白く光る聖なる弓矢。

限界まで引き絞られた上で放たれたそれは、リーダー格の男の横をすり抜け、魔法の詠唱を続ける者たちへと向かっていく。

「なっ……！」

誰かがそう声を漏らす。

次の瞬間、放たれた矢が突如として五つに分散。

詠唱中の彼らそれぞれに着弾し、その体を貫いた。

彼らも青白い光に包まれる。

メルトラによって負わされた深手が治らない限り、このゲーム中に動くことはない。

「そ、そんな……九人もいたんだぞ……？　それなのに……」

「一応、聞かせて」

「ひっ⁉」

リーダー格の男の首に、再び剣となったソウルディザイアが突き付けられる。

「バルザルク帝国の人に脅されて、こんなことしたの？」

「そ、そうだ……協力しなければ俺たちの国にいる家族が無事じゃ済まないって
……ガオルグが」

「っ……」

メルトラは思わず唇を噛む。

あまりにも行いが非道すぎる。

ガオルグというそんな脅しをしてくるような男に、メルトラは強い怒りを覚えた。

「鍵は持ってる？」

「もう……ガオルグに渡した」

「……そっか」

確認を終えたメルトラは、その場で彼の体を斬り伏せた。

「え……？」

「ごめん。でも、君たちのためだから」

リーダー格の男は、意識を失うと同時に光に包まれる。

もしも彼をここで見逃した場合、ガオルグに敵前逃亡と見なされ彼らの家族に危険が及ぶかもしれない。

非道な男のやることだ。

きっとそれくらいは視野に入れておいた方がいい。

しかしこうして戦闘不能にさせておけば、エルレインの人間を襲うという目的自体はきちんと果たしたことになる——はず。

やむを得ず動けなくなったということになれば、敵前逃亡と言われるよりはマシだ。

「……やっぱり、鍵はもう」

「おお、やるじゃねェか。さすがはあいつらと一緒にいるだけのことはあるなァ、メルトラ」

「ッ⁉」

メルトラが顔を上げれば、そこには一瞬だけ顔を合わせた青髪の男、バルフォの姿があった。

彼は祝福するかのように拍手しながら、メルトラに近づいてくる。

「バルフォ……」

「お、逃げねェの？　一応敵だぜ、オレは」

「君が敵だというなら、逃げないよ。ちゃんと戦う」

「……へぇ」

バルフォから魔力が吹き出す。

それが肌に触れた瞬間、メルトラは一気に鳥肌が立つ感触を覚えた。

寒気がするほどの膨大な魔力。

その力に圧倒されてしまったメルトラの手足は、今にも崩れ落ちてしまいそうなほど震え始める。

「おお！　もうこいつを感じ取れる領域にまで来てんのか！」

「っ……どういう、こと？」

「ああ、軽く教えておいてやるよ。魔力っつーのは、段階があるんだ。段階が低い者は、段階が高い者の魔力を感じ取れない。体が勝手に危機を覚えて、感覚を遮断《しゃだん》すんのさ。あんなにやべェ魔力を持っているのに、雑魚がアル様に食って掛かる理由に疑問を覚えなかったか？」

「……あ」

そういえばと、メルトラの中にあった漠然とした疑問が浮き彫りになる。

アルは文字通り桁違いの魔力を持っている。

それはどうしたって体から染み出しているはずなのに、彼に因縁《いんねん》をつけてきた者たちは皆臆《おく》している様子はなかった。

「そいつらは、アル様の魔力の量に気づけなかったんだよ。ま、これればかりは体の仕組み上仕方がねェことだから、責めるに責められねェけどな」

「……じゃあ、ボクが分かるようになってきたのは」

「おうよ。そいつはあんたが強くなってきている証拠だ」

メルトラの体を、じんわりと喜びが包んでいく。

強くなったという実感。

それをようやく覚えることができたのだ。

「……これなら、任せられるな」

「任せる？」

「そろそろ面倒くせェのが来る頃だ」

バルフォがそう告げると、突然近くの茂みから物音が聞こえた。

とっさにメルトラがそっちへ振り返ると、バルフォと同じ制服を身にまとった男が茂みから出てくる。

茶髪で細目の男。

彼はバルフォと共にメルトラを挟み込める位置に立ち、薄ら笑いを浮かべた。

「助太刀《すけだち》に来たよ、バルフォ。さっさとそいつ潰しちゃおう」

「なっ……」

メルトラに混乱が走る。

バルザルク帝国の選抜メンバーは、ガオルグ、バルフォ、スキリアの三人。

しかし男の制服はどう見てもバルザルク帝国の物であり、本当に彼がその国の人間だったとしたら、ゲームエリアに存在していい同国の人間の制限人数をオーバーしていることになる。

「俺はギオ＝ハイゼル。バルザルク帝国勇者学園、〝王の親衛隊〟三番隊隊長だ。悪いけど、ここで君には消えてもらうよ？」

「っ……ルール違反だよね、どう見ても」

「ははは、残念だったね。別にルール違反ってわけじゃないのさ」

「そんなわけないじゃん！　エリア内には選抜メンバーの三人しか入れないって――」

「間抜けだねぇ、君。このゲームのルールには、決定的な穴があるじゃん」

「穴……？」

「ゲーム開始前からゲームエリア内に潜んでいれば、入ったことにはならないだろう？」

「ッ⁉」

明らかな屁理屈《へりくつ》ではあるが、現に彼はここにいる。

すぐにでも不正を訴えたい状況だが、それが難しいということに気づいてしまったメルトラは、思わず歯噛みした。

「ふーん、気づいたみたいだね」

「……まさか、運営側まで君たちの味方なの？」

「ご明察。まあ味方っていうか……支配下に置いたって感じ？」

学園対抗戦の様子は、投影の魔法を用いて常に一般人たちへと晒される。

どこで戦いが起きてもいいように、ゲームエリア全体に投影魔法を搭載した自立移動型のゴーレムが浮いているはずなのだ。

しかしいくらメルトラが探しても、そのゴーレムが見つからない。

「今この時、俺たちを見ている者は誰もいない！　他の国の連中も俺たちには逆らわない！　ってことで、お前らエルレインは一方的に嬲《なぶ》られて終わりなんだよ！」

ギオの手に、バチバチと恐ろしい音を立てる電撃が発生する。

雷魔法の使い手――。

そう認識した時には、メルトラはもう不可避のコースに入ってしまっていた。

「〝ライトニングランス〟！」

神速の槍が、メルトラの心臓目掛けて飛んでくる。

ソウルディザイアで防ぐ。

そう考えて形状変化を行おうとした瞬間のこと、突如として割り込んできたバルフォが、雷の槍を片手で受け止めてしまった。

「なっ……⁉」

「まあまあ、そう焦んなよ」

痛くもないのに痛そうなフリをしながら、バルフォは雷を受け止めた手をヒラヒラと揺らす。

「メルトラ、聞け」

「え？」

「ガオルグは今、すべての鍵を持ってゲームエリアの中央にある山の頂《いただき》にいる」

突然ガオルグの位置をばらしたバルフォに対し、ギオは大きく狼狽《ろうばい》した態度を見せる。

「何を言っているんだ！　バルフォ！　何故敵にガオルグ様の居場所を教える⁉」

「……そんなの、決まってんだろうが」

バルフォは大きく息を吐きながら、制服の上着を脱ぎ棄《す》てた。

軍服のような姿から一転。

ワイシャツにズボンという格好になったバルフォは、暑苦しそうにシャツのボタンを二つほど外す。

「――オレの主は、ガオルグなんかじゃねェからだよ」

「っ……！　貴様、裏切ったのか！」

「ははっ！　騙されちまってやんの！　……っつーわけで」

ギオのことをひとしきり笑った後、バルフォはメルトラの方へ振り返る。

「ここはオレに任せて、あんたはアル様のところに行けよ。バルザルク帝国の連中はまだまだ隠れてる。ガオルグにたどり着くまで、支えてやってくれ」

「バルフォ……」

「今のあんたなら、十分主の役に立ててるぜ」

バルフォはメルトラの肩を摑んで体を反転させると、その背中を軽く突き飛ばすようにして、自分から距離を取らせた。

「頼んだぜ」

「……うんっ」

メルトラは走り出す。

バルフォから託された使命を持って、アルの下へ。

「汚らわしき反逆者め……ッ！　こんなことをしてタダで済むと思うなよ！」

「おいおい、オレの心配をしてる場合かよ」

「なんだと⁉」

「お前は不正なゲーム参加者だ。当然、その制服にはなんのプロテクトもかかってねェ」

「っ！」

ギオの背筋に、寒気が走る。

一瞬にして雰囲気を変えたバルフォに対し、恐怖を覚えたからだ。

本人にはまだその自覚はないが、すぐに気付くことになる。

目の前にいる男の、本当の恐ろしさに――。

「ま、ハンデでオレも脱いでやったから、これでお互い様だけどな」

「……初めから、選抜メンバーになったお前にずっとイラついてたんだよ。殺してやるぞ、バルフォ。俺たちを裏切ったこと、後悔させてやる」

「おー、こわっ。……やれるもんならやってみろよ」

ニヒルな笑みを浮かべ、バルフォはギオを挑発する。

そして一瞬にして頭に血が上ったギオは、雷を携《たずさ》えバルフォに向かって飛びかかった。

◇◆◇

「面倒臭いことになってますね……」

青白い光に包まれたまま倒れ伏す他の国の生徒たちを眺めながら、ゼナはそんな独り言をこぼした。

襲ってきた生徒の人数は、九。

ちょうどメルトラを襲った人数と同じである。

(他の学園は三つずつで徒党《ととう》を組んでいるようでした……私たちとバルザルク帝国を除いた学園数は、十八。つまり三つの学園でチームを作れば、六チームできる。

一つ潰したから残り五つとして……）

ゼナの実力をもってすれば、この程度の学生が何人襲って来ようとも関係ない。

しかしある程度加減をしなければならなくなるため、時間を取られてしまうのが問題だった。

「鍵は持ってない、か」

確認を終え、ゼナはため息を吐く。

これでバルザルク帝国が鍵を独占していることが明らかとなった。

最初に言っていた通りの状況であれば、ほぼほぼエルレインの負けは決まったことになる。

しかし――。

「……隠れていればいいものを、どうしてわざわざ私の前に姿を現すのですか？」

「目的があるから、だよ」

ゼナの正面に姿を現したのは、同じく元魔王軍幹部、スキリアだった。

「目的？　それは一体なんですか？」

「分からない」

「……は？」

「私はバルフォに言われて動いているだけ。考え事は面倒臭いから嫌い」

「ああ……そういう人でしたね、あなたは」

どうやらスキリアを問い詰めたところで無駄なようだ。

そう判断したゼナは、一応戦闘態勢を取っておく。

「それで、やるんですか？」

「ううん。ゼナとやれとは言われてない」

「は？　――っ！」

スキリアの言葉に呆気に取られた一瞬。

突如として飛来してきた炎の塊を、ゼナは横に跳んでかわす。

「あら、今のを避けられるとは思ってなかったわ」

そんな言葉と共に、赤い髪の女が現れる。

その格好は、バルザルク帝国勇者学園の物。

明らかな異常事態に、ゼナは眉間にしわを寄せた。

「……どういうことですか」

メルトラと同じく挟まれる形になってしまったゼナは、主にスキリアの方へ警戒心を向けながらそう問いかけた。

「親愛なるガオルグ様のため、そして我が祖国のため、あなたたちエルレイン王国の人間を潰すための戦術よ」

「戦術？　不正を働いておきながらよく言いますね」

「ふふっ、強がっちゃって。あなたがいくら抗議しようが、ゲームが終わった頃には証拠は何一つ残っちゃいないわ。最終的には、あなたたちが蹂躙《じゅうりん》されて敗北したっていう結果だけが残るのよ」

「……」

ゼナは目を伏せる。

静かなる怒り。

それが彼女の心に灯った時、その足元には漆黒の魔法陣が広がっていた。

「……舐められたものですね。来なさい、〝黒の棺《ブラックボックス》〟――」

「えいっ」

「いたっ⁉」

〝黒の棺桶〟を呼び出そうとしたゼナの脳天に、スキリアの手刀が落ちる。

「な、何をするんですか！」

「ここでゼナが頑張る必要ない」

頭を押さえて蹲《うずくま》っていたゼナに、スキリアが手を伸ばす。

一瞬その手を訝《いぶか》しげな目で見たゼナだったが、最終的には渋々といった様子で掴み、立ち上がった。

「……敵に手を貸すとは、どういうつもりかしら？　後輩ちゃん？」

「ごめん、アナンタ先輩。これが私の受けた指示だから」

スキリアは、ゼナを庇うようにして赤髪の女の前に立つ。

「……〝王の親衛隊〟でもない癖に選抜入りした小娘が、一体誰の指示で動いているのかしら」

「ないしょ」

「ふざけんじゃないわよ……ッ！　私を四番隊隊長、アナンタ＝サブレだと分かっててそんな口利《き》いてるの⁉」

それまで余裕の笑みを浮かべていたアナンタが、激昂《げっこう》する。

しかしスキリアは眉一つ動かさない。

感情を表に出すことすらも面倒臭いとでも言いたげに――。

「バルザルク帝国の人間ならば、上官の位置に立つ私の指示に従いなさい！　今すぐその女を戦闘不能にするのよ！」

「嫌だ」

「なっ」

「私は自分より弱い人に従いたくない。その人が言うこと、大体正しくないから」

自分で言った通り、スキリアは考え事が極端に嫌いだ。

だから魔王軍にいた時も、ベルフェやバルフォの指示に従って生きていた。

（しかし、それはスキリアが彼らのことを正しいと思っているから。この子は間違った指示には絶対に従わない……）

それはおそらく、スキリアの持つ独特な嗅覚《きゅうかく》が働いているおかげだろう。

本能のまま流されるように生きる彼女は、依《よ》り代《しろ》とする場所を決して間違えない。

魔王アルドノアの下に居続けたことが、それを証明している。

「ゼナ、アル様のサポートに向かってほしい。他にもこの人たちみたいな邪魔者がいる」

「……分かりました。しかし、今すぐ二人でこの方を倒す方が効率がよいのでは？」

「バルフォが言ってた。『こうする方が粋《いき》だろ？』って」

「はぁ……そういうところありますよね、彼」

変わらない仲間の考えに、ゼナはどこか嬉しそうにため息を吐く。

「任せましたよ、スキリア」

「うん。この人倒して、後でアル様に褒めてもらうんだ」

ゼナは一瞬にしてこの場を離脱する。

アナンタの目は、それを追うことすらできなかった。

「ふっ……速度に特化した能力を持っていたのね。ま、後で追いついて仕留めればいいわ」

「何を言っているのかよく分からないけど、あなたに〝後で〟はないよ？」

「本当に生意気な子……！」

アナンタは両手に炎を灯《とも》すと、スキリアに向けてそれを放った。

◇◆◇

「ふむ……」

一方その頃。

アルの下にも、ガオルグによって脅された他国の生徒たちが襲い掛かっていた。

しかし当然のように撃退され、今はもう全員地面に転がっている。

「こういう攻め方もあるのだな。面白いではないか」

分かったような顔をしてうんうんと頷きながら、アルはエリアの中心を目指す。

どちらかというと、アルの性格はスキリアに似ていた。

流れのまま、本能のまま。

考えることはベルフェやバルフォに任せ、自分はただ力を振るうだけ。

それが魔王アルドノアという存在だった。

しかし最近になって、それもよくないのではないかと考え始めたのは事実。

世界を滅ぼすという目的を果たすため、改めて様々なことを学ぼうとしている時期だった。

「む……？」

エリアの中心付近にあった山を登り続けることしばらく。

アルはついに山頂らしき開けた空間へとたどり着いた。

「――ふん、まさかここまで来るとはな。少々誤算だった」

「……ガオルグ」

その開けた空間に、ガオルグは立っていた。

振り返った彼は、アルに向けてその鋭い双眸《そうぼう》を向けてくる。

「仲間を犠牲《ぎせい》にしてきたか？　でなければお前のような平民風情《ふぜい》がここまでたどり着けるわけがないからな」

「仲間を犠牲に……というのはよく分からないが、よく俺が平民だと知っていたな」

「お前たちの情報はすでに調べがついている。四大貴族のゼナ・フェンリス。同じくメルトラ・エルスノウ……いや、本名はメルトリア・エルスノウだったか？　そしてアル、貴様だ」

「……」

「ふっ、平民ごときが選抜されるとは、エルレインも落ちぶれたものだな」

「そう思うなら、下手な小細工はしなくてよかったんじゃないのか？」

「馬鹿を言うな。これは我が国の力を示すための戦い。圧倒的な勝利を収めるため、どんな手段でも使う。次期王として当然の判断だ」

王としての判断。

そう聞いたアルは、思わず感心してしまった。

「すごいな、お前は。魔王よりも魔王らしいのではないか？」

「お前などと、相変わらず無礼《ぶれい》な奴め」

ガオルグが指を鳴らす。

すると彼の側に、突如として二人の人間が出現した。

アルはその二人の顔を知っている。

「お前たちは……俺とメルトラを転送して襲ってきた奴らだな」

「その節《せつ》はどうも」

イルムスは皮肉を込めた笑みを浮かべ、エルナは強い憎しみを込めた視線をアルへと向けていた。

そんな彼らだが、昨日遭遇した時とは少々様子が異なる。

「……その目はどうした」

「ああ、これですか？　昨日あなたたちを仕留め損ねたことで、ガオルグ様より罰を受けましてね」

彼らは、両者共に左目に眼帯をつけていた。

その眼帯の下には、何もないのだろう。

アルはそれを察し、呆れたような表情を浮かべた。

「俺たちを仕留め損ねただけで、そこまでの罪になるんだな。お前の統治する国はずいぶんと住みにくそうだ」

「こいつらは王の親衛隊。私の命令を実行できなければ、罰を受けるのは当然だ」

「……」

アルの心の奥底に、じんわりと不快な感情が芽吹く。

ガオルグが行っていることは、恐怖による統治。

そこに悪びれるという感情はなく、ただ王として当然のようにふるまっていることが、アルに不快感を覚えさせていた。

「ふはは！　こいつらは貴様に憎悪を覚えている。王として、その感情は発散させてやらねばならんな」

ガオルグはアルに背を向けると、そのまま離れていく。

そして観戦できるような位置で足を止め、不敵な笑みを見せた。

「その平民の相手は、約束通り貴様らに任せるとしよう。今度こそしくじるなよ？」

「承知……！」

水でできた剣を持つエルナと、本物の剣を持つイルムスが、アルに向けて跳びかかる。

鋭き凶刃が自分に迫る中、アルもガオルグと同じく不敵な笑みをこぼしていた。

「……しくじるなよ、二人とも」

アルがそう告げた瞬間、その背後から飛び出してきた影が、彼らの剣をそれぞれ受け止めた。

「なっ……⁉」

「チィ！」

飛び出してきた人影たちは、イルムスとエルナを弾いて遠ざける。

「しくじるなって、それ言ってみたかっただけだよね？　アル」

「お待たせしました、アル様。すぐに目の前のゴミを掃除《そうじ》いたしますね」

アルの方を向き、メルトラとゼナは笑いかける。

こうしてすべての役者が、舞台へと揃った。

「ギオとアナンタめ……しくじったな」

この場に現れたゼナとメルトラを見て、ガオルグは悪態をついた。

三対三。これまでの人数差はなくなり、互角な状況が出来上がる。

「ゼナ、メルトラ。ガオルグ以外の二人は任せていいか？」

アルがそう問いかければ、二人は一も二もなく頷いた。

「はい、お任せを」

「うんっ！　やってみせるよ」

それぞれ構えを取るゼナとメルトラ。

それに反応するようにして、イルムスとエルナも改めて構えなおした。

「ガオルグ様、少々お待ちを。新しいゴミも我々が処理いたします故」

「ああ、だが女は殺すなよ。奴らは本国に持ち帰り私が楽しむ予定だからな」

「ふふふ、かしこまりました」

かくして、戦いの火ぶたは切って落とされた。

第七話：魔王、知る

「そらァ！」

　ギオの放った雷撃が、バルフォの足元に着弾する。

「貫いてやるよ！　バルフォ！」

「っ！」

　初撃によって思わず足を止めていたバルフォに向かって、雷の槍が飛来した。

　バルフォはとっさに屈《かが》んで回避するが、真後ろにあった木を貫き、破壊したその槍の威力を見て冷や汗を流す。

「おいおい……こんなもん人に撃っていいのかよ」

「うるさいなぁ、さっさとくたばってよ！」

　ギオは宙に跳び上がり、両手を広げる。

するとかれの周りに数多の雷の槍が出現し、バルフォに狙いを定めていた。

「〝ライトニングレイン〟！」

「っ⁉」

降り注ぐ雷の槍たちは、地面を、そして木々を貫き、焼き払っていく。

これだけの槍を喰らった以上、バルフォとて無事では済まない。

着地したギオは、勝利を確信した。

しかし――。

「オラァ！」

「うわっ⁉」

突如として地面から飛び出してきたバルフォが、ギオを殴りつける。

とっさに腕を挟み込んでガードしたが、ギオの体は数メートル吹き飛ばされてしまった。

「チッ、当たったと思ったのによォ」

「ふっ……さすがに驚いたけどね。そうか、地面に潜って槍の雨を回避したか」

「土魔法を使えばこれくらい簡単だからな」

バルフォが手をかざせば、地面がボコボコと盛り上がり始める。

そして彼自身の足を包むと、そのまま地中へと引きずり込み始めた。

「いくらあんたの雷の槍が強くても、地中にまでは届かねェよなァ！　オレはじっくりと機会を窺わせてもらう——ぜ……？」

バルフォの口から、血液が溢れ出す。

いつの間にか、彼の胸には雷の槍が突き立っていた。

バチバチと放電する自分を貫いた槍を見て、バルフォは愕然《がくぜん》とする。

「そんなこと、俺が許すと思う？　〝ライトニングレイン〟を撃つ時に、数本空中に残しておいたのさ。たとえかわされたとしても、止《とど》めを刺せるようにね」

「こ、この……！」

「残念、もうチェックメイトだ」

ギオの言った通り、空中にはまだ数本雷の槍が残っていた。

それらが一気にバルフォへと飛来する。

「くそっ……」

すでに胸を貫かれているバルフォは、それを避けることができない。

瞬く間に全身数か所を貫かれてしまった彼は、そのまま地面へと倒れ伏した。

彼の倒れた地面に、赤い液体が広がっていく——。

「ふぅ、こんなものかな？　ま、所詮は一年生。殺す気で戦えば、俺の方が強いのは当然だよね」

ギオは選抜メンバーを決める際の戦いで、バルフォに敗北している。

それには少しだけ理由があり、火力の高い技ばかりを持つギオは、命を奪うことを禁止されると極端に戦いの幅が狭まってしまうのだ。

故にこうした戦いは得意でも、競技としての戦いは不得意なのである。

……しかし、ここで一つ疑問が浮かび上がった。

「あれ？　あの時俺――」

どう　やって　まけた　んだっけ？

「ありゃりゃ、まーた騙されちゃったねェ」

木に寄りかかり、ぴくぴくと痙攣《けいれん》しているギオの下に、バルフォが姿を現す。

初めからギオは、一歩たりともその木の根元から動いていなかった。

これまで起きたことは、すべては幻。

ギオ自身が見ている幻覚である。

「〝永遠なる幻想《エタニティ・ファンタズム》〟。それがオレの魔法だ。ま、聞こえちゃねェだろうが」

ギオの体は痙攣するだけで、動く気配はない。

いまだに彼の心は夢の中。

戻ってくるには、バルフォが術を解《と》くしかない。

〝永遠なる幻想《エタニティ・ファンタズム》〟をかけるには、いくつかの条件をクリアする必要がある。

まず、かける相手の魔力が自分よりも低いこと。

アルほどの魔力を持つ相手だと、真正面からかけようとしてもバルフォの術は勝手に弾かれてしまう。

そして、術の発動を相手に悟らせないこと。

いつ発動したのか、それを曖昧《あいまい》にすることで、現実と幻想の境目を疑いなく通過させる。

そうすることで、相手は出口のない夢の中に閉じ込められるのだ。

「さて、ここであんたを永遠に眠らせておくこともできるんだが……」

バルフォがギオを見下ろし、口を閉じる。

そしてそっと手を伸ばし、ギオの頭に添えた。

「……なんてな。魔王軍だった時ならともかく、今はそこまでする必要はねェし」

自分の言葉を鼻で笑い、バルフォは手を戻した。

「夜には目覚めるだろ。そん時には全部終わってるだろうけどな」

ギオに背を向け、バルフォはその場を去る。

向かうはメルトラを向かわせた山頂。

そしてその道中、バルフォは見知った顔を見つけた。

「お、スキリアじゃん」

「あ、バルフォ」

バルフォとスキリアは、まるで街中で遭遇したかのような気軽さで挨拶をかわした。

しかしそんな挨拶の空気に似つかわしくない人間が、他に一人——。

「はぁ……はぁ……バルフォ⁉」

「なんだよ、アナンタも一緒か」

膝に手をつき、肩で息をしているアナンタの姿。

彼女は疲労困憊《ひろうこんぱい》といった顔を、バルフォへと向ける。

「バルフォ！　スキリアが裏切ったわ！　今すぐ私とあなたで狩るわよ！」

「おいおい、冗談はよせよ。あのスキリアが裏切り？　何かの間違いじゃゃねェのか？」

「やかましい！　私はあなたより立場が上の人間なのよ！　黙って従いなさい！」

「ハッ、選抜入りもできなかったくせによく言うぜ」

「っ……！」

「まあ、ひとまず……」

バルフォはケラケラ笑いながら、スキリアの横を素通りする。

「さっさと終わらせてくれよ、スキリア。オレはてっぺんの戦いが見てェんだからな」

「ん、分かってる」

近くにあった木に体重を預け、傍観者となるバルフォ。

それを見たアナンタは、愕然とした表情を浮かべた。

「あ、あんた……まさか」

「悪いねー、アナンタ先輩。オレはこっち側なもんで。さっきギオ先輩も倒しちゃったし、もうそっちには戻れねェんだわ。……ま、戻るつもりもねェけど」

「この……っ！　裏切り者どもがァ！」

アナンタは巨大な火の球をバルフォに向けて放つ。

それを見たバルフォがニヤリと笑みを浮かべると、突如として巨大な鋼鉄の手が間に割り込み、その火球を受け止めてしまった。

「よそ見してる暇はないでしょ？」

「な……なんなのよ、それ」

それを見上げ、アナンタはそう呟《つぶや》いた。

全長約十メートルはありそうな、鋼《はがね》の巨人。

まるで甲冑のようないでたちの肩に、スキリアは悠々と腰かけていた。

「〝創造上の玩具箱《クリエイティブ・ボックス》〟、それがそいつの魔法だよ」

バルフォは変わらずニヤニヤとした笑みを浮かべながら、そう告げた。

スキリアの魔法――〝創造上の玩具箱《クリエイティブ・ボックス》〟は、彼女が欲しいと思い浮かべた物を、魔力が許す限り無尽蔵《むじんぞう》に生み出し続けるものである。

材質、大きさ、密度。

魔力を注げば注ぐほど、彼女自身が思い浮かべた物に近づいていく。

「スキリアはずっと人形遊びが好きな奴でね。ゼナの箱の中にいる奴とも仲がいいんだが……ま、それはあんたには関係なかったたな」

「解説ありがと、バルフォ」

「おー、どういたしまして」

余裕綽々《よゆうしゃくしゃく》といった様子の二人を前にして、アナンタは歯噛みする。

「くっ……！　こんなでかいだけの鉄くずっ！　私の炎で溶かしつくしてやるわ！」

これまでスキリアに翻弄《ほんろう》され続け、アナンタの持つ魔力はだいぶ減っていた。

しかし彼女はその残った魔力を用いて、頭上に特大の火球を生み出す。

「〝我が祖国の太陽《サン＝オブ＝バルザルク》〟！」

その火球は、まるで天に輝く太陽のよう。

アナンタが手を振り下ろせば、火球は真っ直ぐスキリアの下へと降ってくる。

「……撃ち抜いて」

降ってくる火球を前にして、スキリアは自分が乗っている巨人に一言命令した。

すると巨人の口元がガコンと音を立てて開き、そこに超高密度の魔力が集まっていく。

「──〝鉄巨兵の咆哮《アイアンブレス》〟」

一直線に放たれた、魔力の本流。

それはアナンタの太陽を貫き、空中で霧散させてしまう。

火の粉が舞う中、巨人はゆっくりとアナンタの方へと歩み寄っていった。

「あ……ああ！　待って！　今ので魔力が切れたの！　もう抵抗できないから！嘘じゃないわ！」

「ごめんね、後で邪魔されるとか、面倒なことは嫌いだから」

「だ、だから！　もう抵抗できないって――ぶっ！」

巨人の拳が、アナンタの頭を優しく小突《こづ》く。

本当に優しく小突いているように見えたが、その腕が鋼鉄でできていることには変わりない。

それなりの衝撃を受けたアナンタは、そのまま白目を向いて気絶してしまった。

「終わったよ」

「おー、見てたぞ」

「じゃあ、アル様のところへ行こう」

あっさりと戦いを終えた二人は、そのまま山頂を目指して歩き出した。

◇◆◇

「せっかくです。一対一で戦いませんか？」

突如として、イルムスがそんな提案を持ちかけてきた。

三対三。確かに一人ずつ戦うことができる人数状況である。

「まとめて戦うというのもあまり芸はありません。ガオルグ様への余興という意味でも、ここで一人ずつ戦うというのはいかがでしょう」

「……ほう、面白いではないか」

その提案に初めに乗ったのは、他でもないガオルグだった。

「最後は私の手で決着をつけるが、それまでは戦況がどうなろうとどうでもいい。こちらの一番手と二番手は、貴様らに任せる」

「はっ！」

ガオルグに見えない角度で、イルムスはほくそ笑む。

この話を持ち出したのは、何も余興のためというわけではない。

イルムスがこの中で危険視している人間は、エルレイン側にいるアルだった。

エルナの生み出した渦を乗っ取り、逆に攻撃へと転じてきた謎の平民。

彼の姑息《こそく》で思慮《しりょ》深い頭が、正面からやり合ってはいけないと警鐘《けいしょう》を鳴らしている。

故に、周りの連中を相手にすることにしたのだ。

バルザルク帝国の調べによって、ゼナとメルトラの情報は摑んでいる。

敗北の先に待ち受けるガオルグからの制裁を回避するためにも、彼女らを倒し確実に戦果を上げなければならない。

「こちらの先鋒は言い出しっぺの私が行きましょう。そちらはどうしますか？」

「……ボクが行くよ」

メルトラが手を挙げたのを見て、イルムスは増々ほくそ笑んだ。

彼女の目立った能力は、剣術のみ。

さらにイルムスの転送魔法を体験し、彼の武器がその魔法だけだと思い込んでいる。

あらゆる方面で姑息な手を使えるイルムスにとって、メルトラのような真っ直ぐで純粋な近接戦闘職はカモでしかない。

まずは一勝。

ここで人数有利を作ることができれば、仮に次の勝負でエルナが追い詰められたとしても集団戦に持ち込めばいい。

「では、私とあなたの対戦ですね。準備はいいですか？」

「いつでもいいよ」

「ふっ……妙に余裕ではないですか。あの時彼の後ろで震えていただけのあなたが、私に勝てるとでも？」

「うん」

「――は？」

メルトラはソウルディザイアの剣先をイルムスへと向ける。

「君を倒す。そろそろ修行の成果を見せないといけないからね」

「っ……生意気ですねぇ……！　年下のくせに！」

イルムスの姿が、突然消失する。

驚きも束の間、メルトラは反射的にその場で屈んだ。

するとその頭上を、鋭いナイフが通過する。

「ほう！　よく避けましたね！」

「っ！」

「おっと……」

方法は分からないが、真後ろに姿を現したイルムス。

メルトラは瞬時に彼に向けてソウルディザイアを振るった。

しかしイルムスの姿は再び消失し、気づけば元の位置に戻っている。

「ふふふ、遅いですねぇ」

「……転送魔法か」

「ご明察です。しかし――」

イルムスが地を蹴り、メルトラに向かって走り出す。

それを迎え撃つべく、彼女はソウルディザイアを突き出した。

アルの話では、イルムスが一日で使える転送魔法の回数は二回。

今の攻防で彼はその二回を使い果たした。

もう転送魔法は使えない。

――そのはずだった。

「え……!?」

メルトラの眼前で、再びイルムスの姿が消える。

「凝《こ》り固まった考えを持ってしまった者から、人というのは死んでいくのですよ……！」

これまであった仮説をすべて無に帰すかのように、イルムスの姿はメルトラの真後ろにあった。

高速移動なんてものではない。

文字通り、瞬間移動しているとしか思えなかった。

転送魔法。

それは対象物をマーカーを置いた位置に一瞬にして移動させる魔法である。

アルが解説した通り、発動するにはかなりの魔力が必要だ。

しかし、あえて少ない魔力を用いて無理やり発動を試みた場合――。

「転送魔法は途中で解除され、注いだ魔力に見合った位置に出現する！」

イルムスの凶刃が、メルトラの背中に向かう。

この一撃のために、イルムスはゲームエリアを囲うようにマーカーを設置していた。

今の彼は、魔力の量を調節するだけで四方八方《しほうはっぽう》どこにでも転送できる状態になっている。

「これで終わりです！」

イルムスのナイフがメルトラの制服にめり込み、そして。

「は……えっ⁉」

甲高い音を立てて、弾かれた。

「……ソウルディザイア・モード〝メイル〟」

メルトラの体は、鎧に変形したソウルディザイアによって守られていた。

弾かれたことを自覚したイルムスは、すぐに転送によって彼女から距離を取る。

「逃がさないよ！」

「何⁉」

イルムスが転送した位置に、メルトラは一瞬にして距離を詰めた。

地面が爆《は》ぜるほどの強い踏み込み。

それによる移動速度は、どういうわけだかイルムスの瞬間移動に追いついていた。

「ふっ！」

「かっ……⁉」

メルトラの斬撃を、イルムスは再び自身を転送してかわす。

そうして彼女から離れた位置に出現したイルムスは、乱れた息を整えようとしていた。

それは決して体力的な問題で起きた息切れではない。

自分の身に迫った刃の圧力による精神的苦痛によって生まれたものである。

「……あの踏み込みは、元々持っていた力だな」

「ええ。今の瞬間移動に追いついたのは、彼女が培った驚異的な反応速度が理由だと思います」

アルとゼナが、そんな会話をかわす。

元々メルトラには、身体能力と火力が備わっていた。

剣術によって鍛えた体、そして勇者レイドが遺《のこ》した聖剣ソウルディザイア。

現在、ソウルディザイアに備わった魔力の流れを断ち切るという能力は意図的に封じているものの、その切れ味による火力は計り知れない。

「足りなかったのは対応能力だけ。それが手に入った今、メルトラが負けることはあり得ない」

アルはメルトラの成長を、まるで自分のことのように喜んでいた。

その様子にどうしたってゼナは嫉妬してしまうが、最終的には諦めたように笑いをこぼす。

彼女だって、メルトラの成長を喜ばしく思っている人間の一人なのだ。

（くそっ……もう対応されているとでもいうのか……!?）

この中でもっとも困惑しているのは、イルムスだった。

こちらへとじりじり近づいてくるメルトラを見て、彼は思わず一歩後ずさる。

「どうした、イルムス。また制裁を受けたいのか？」

「ご、御冗談を……」

「冗談だと思うなら、今すぐ降参してみろ。私は貴様のような役立たずが一人消えたところで何も困らない」

「……っ」

ガオルグの言葉を受け、イルムスには後がなくなった。

戦うしかない。

しかし調査の中にあったメルトラとは、何かが大きく違っている。

実のところ、メルトラの情報は学園の教師であるベルフェによって改ざんされていた。

主にソウルディザイアの所持という部分を隠しており、メルトラはただの剣術使いとして学園側に通じている。

つまりいくら調査したところで、彼女の本当の情報は出てこないのだ。

「攻めてこないなら、こっちから行くけど」

「……余裕をかましていられるのも今のうちですよ」

イルムスはナイフを強く握り、空いている方の手を前に突き出した。

「いくら反応がよかったところで、私の転送速度をもってすれば避けられるはずがないのです！」

「……」

メルトラは神経を研ぎ澄ます。

どこにイルムスが瞬間移動しても対応できるよう、呼吸すらも止めていた。

それを見て、イルムスはニヤリと笑う。

（かかった！）

イルムスが魔法を発動した。

その次の瞬間、メルトラの視界は一瞬だけ黒く染まる。

そして視界が戻った時、すでにイルムスのナイフはすぐそこに迫っていた。

「取った……！」

メルトラはこの時、完全に意表を突かれてしまっていた。

イルムスが行ったことは、自分自身の転送ではなく、メルトラの方を自分の周囲へと引き寄せるような転送。

転送魔法は、視界に入っているものをマーカーのある場所に飛ばす。

アルたちを海上に転送したように、イルムスはメルトラを自分の眼前に転送したのだ。

エリア外に転送することができればその時点で勝負は終わるのだが、幸いなことにゲームエリア外に魔法で干渉することは不可能。

しかしこの場所であれば、イルムスはメルトラの立ち位置を自由自在にコントロールできた。

心臓を狙ったナイフ。

先ほど背後から振り下ろした一撃よりも、さらにドンピシャなタイミング。

もはやメルトラに回避できる余地はない。

「う……嘘でしょう？」

――それも、一ヵ月前のメルトラであればの話だが。

「もう、ボクに不意打ちは通用しないよ」

メルトラの体は、再び鎧に包まれていた。

鋭く突きこまれたナイフは反動に負け、中ほどで砕け折れてしまう。

イルムスは、それをただ茫然《ぼうぜん》と眺めていた。

『……隙を作ってからソードモードに変化させるまでにタイムラグがありますね。これでは簡単に対応されますよ？』

メルトラは、模擬戦でゼナから言われた言葉を思い返す。

形状変化の速度を上げる。

それはメルトラにとっては高等技術に分類されるものだった。

しかし今となっては、その弱点は完全に克服できている。

「ベルフェ先生が、この眼を作ってくれたからね」

「なっ……なんなのです……その眼は」

メルトラの右眼には、青白い光が灯っていた。

そして目元に広がる幾何学模様《きかがくもよう》のタトゥー。

それはまるで脈打つようにして、目元に〝何か〟を集めていた。

「ボクの弱点は、武器の形状変化のトリガーになるイメージがとっさに出てこないことだった」

メルトラはそう語りながら、目元をなぞる。

「ベルフェ先生が埋め込んでくれたこの魔法陣は、ボクがその場で欲しいと思った形状を、自動的に目の中にビジョンとして映してくれるもの。視覚的に形状を捉えることで、形状をイメージするまでの過程をすっ飛ばしてくれるんだ」

この魔法陣があることで、メルトラは反射的にソウルディザイアの形状を変化させられるようになった。

盾で隙を作ったらすぐに剣で攻撃できるし、剣で攻撃した後の隙を鎧《よろい》で消すこともできる。

こうして彼女は、ある種の完成形にたどり着いた。

「この眼の名前は、〝ディザイア・アイ〟。ボクの欲しいものを映し出す、欲望の眼だ」

「そんな……なんなんですか、君は！　どれも祖国が調べたデータにないぞ……！」

「……もう手がないなら、今度こそ攻めさせてもらうよ」

「っ！　い、いや！　まだ……！」

イルムスは再び転送魔法を使用する。

今度の転送は、とにかくメルトラから距離をとるためのもの。

山の木々に姿を隠し、一度作戦を練り直す。

決して逃走するわけではない——そう言い聞かせて。

「遅いよ」

「っ⁉」

瞬間移動する寸前、再び驚異的な踏み込みを見せたメルトラが、イルムスの肩を摑んだ。

(まずい……!)

転送魔法は、移動する距離、そして対象物の数や、大きさで消費魔力が変わる。

イルムスとメルトラが接触している時点で、転送に必要な魔力は二倍。

発動のトリガーとなった魔力量では、まったく足りない。

結果、イルムスの転送魔法は失敗に終わる。

「これで終わりだ……!」

「やめ——」

メルトラはソードモードになったソウルディザイアを逆手《さかて》に持つと、そのままイルムスの体を斜めに斬り裂いた。

「あ……うっ……」

イルムスの体が、地面に崩れ落ちる。

彼はぴくぴくと痙攣するばかりで、起き上がろうとはしない。

しかし、その体から出血は一切見られなかった。

「——なんちゃって」

そう言いながら、メルトラは悪戯《いたずら》っぽく笑った。

彼女の持っていたソウルディザイアは、柄の部分を残して刀身が消えていた。山で戦った他の学園の生徒たちと違い、この距離で剣を振るえばどうしてもイルムスに深手を負わせてしまう。

それこそ、命に係わるほどの。

故に刃を消し、その殺気だけでイルムスの意識を飛ばしてみせた。

「勝ったよ……！　二人とも！」

アルたちの方へ振り返り、メルトラは無邪気に笑う。

その様子には、恋のライバルであるゼナも拍手を送らざるを得なかった。

「素晴らしい圧倒具合でしたよ、メルトラ。ベルフェに伝えたらきっと喜びます」

ゼナから褒められ、メルトラは益々笑顔になる。

そんなすでに勝ったようなムードを出す彼らに苛立ちを隠せないのは、イルムスとタッグを組んでいたエルナだった。

「イルムスをよくも……！　許さんぞ貴様！」

エルナは手を前に突き出すと、水の魔法をメルトラに向けて放つ。

「え？」

ルール無視の攻撃に、メルトラは一瞬体を硬直させてしまった。

その間にも、エルナの攻撃は迫ってくる。

「──一度決めたルールくらいは守っていただかないと……品がないですよ？」

メルトラに命中する寸前。

エルナの放った水の弾丸は、ゼナの蹴りによって撃ち落とされた。

「チッ……！　邪魔をするなッ！」

「邪魔などしていませんよ？　あなたの相手は、最初から私なはずなので」

「……いい度胸だ。まずは貴様から殺してやる」

「あら、物騒なこと」

次の対戦カードは、ゼナ対エルナ。

ゼナはアルの方に振り返ると、優雅にお辞儀した。

「では、アル様。一撃で仕留めて参りますので、少々お待ちを」

「ああ、頼んだぞ」

「御意に」

えらく対称的な表情を浮かべるゼナとエルナ。

二人は前に出て向き合い、視線を合わせた。

「そうやって自分を鼓舞して、恐怖心を押し殺しているのか。哀れな奴だ」

「思ったよりもおしゃべり好きなんですね。グダグダ言ってないで、さっさとかかってきたらいかが？」

「——死ね」

エルナの手に、水で作られた剣が出現する。

「〝アクアサーベル〟！」

ゼナの脳天に向けて振り下ろされた、鋭い一撃。

水を固めただけだと侮ることなかれ。

あくまでこの水の剣は魔法によって生み出されたもの。

そこら辺の刃よりも、よほど優れた切れ味を持っている。

「死ねや殺すといった言葉は、確実にトドメを刺せる時に言うものですよ」

ゼナは半歩足をずらし、スレスレで水の剣をかわす。

そしてわずかに体をひねり、エルナの頭部に向けて蹴りを放った。

「〝魔練脚《まれんきゃく》〟——」

「かっ……」

その刈り取るような軌道《きどう》の蹴りは的確にエルナの側頭部を捉える。

そして薙ぐかのような勢いで、彼女の頭を地面へと叩きつけた。

思い切り頭を打ちつけたエルナは、痙攣するばかりで動かなくなる。

やがて、そのまま意識を失った。

「はい、おしまいです」

およそ三秒にも満たない攻防。

それを目の当たりにしたメルトラは、あんぐりと口を開けていた。

「す、すご……」

「ゼナにとって、あれくらいの敵であれば瞬殺は簡単だ。むしろ加減する方が難しかっただろう」

戻ってきたゼナは、アルの言葉にうんうんと頷く。

「まったくですっ！　本気で仕掛けるとすぐに死んでしまいますから、意識だけを奪うようにするのは大変なんですよ！」

「ぼ、ボクには分からない感覚だなぁ」

「そんなこと言いつつ、メルトラだって本気で刃を振っていないじゃないですか。やってることは同じですよ」

「え、あ……そうなの、かな？」

具体的には違う。

……が、いまだ鬱憤は晴れていない様子のゼナにこれ以上反論したところで、なんの生産性もない。

もうそういうものなのだと自分を納得させ、メルトラはこの話を打ち切った。

「ふん……やはりクソの役にも立たなかったな」

ガオルグの一言で、場の空気が突如として引き締まる。

「まあ、いい。すべては私一人で終わらせればいいのだからな」

悠然とこちらに向かってくるガオルグを見て、ゼナは目を細める。

(この男……実力はともかくとして、上に立つ者の素質はあるようですね)

その人間の言葉に、自然と周りの人間が耳を傾ける。

それこそが、上に立つ者の素質《そしつ》だった。

今まさにそういった状況を作り出したガオルグは、まさに王になるために生まれてきた存在と言えるだろう。

「さあ、かかってくるがいい。なんなら三人まとめてでもいいぞ」

「冗談を言うな。お前の相手は俺がする」

「……平民風情が。実力差も分からんのか」

「分かっていないのはお前の方だと思うがな」

「何？」

先ほどから二人のやり取りを見ていたメルトラは、自分が冷や汗を垂れ流していることを自覚していた。

アルが全身から放っている魔力。

それがメルトラの体を萎縮《いしゅく》させている。

アルはそれに気づくと、フッと小さく笑い自身の魔力を少し抑えた。

「そうか……もう分かるのか」

「うん……分かるよ。君がどれくらい強大なのか」

メルトラは、バルフォから言われた言葉を思い出す。

『魔力っつーのは、段階があるんだ。段階が低い者は、段階が高い者の魔力を感じ取れない。体が勝手に危機を覚えて、感覚を遮断すんのさ』

（これまでは、アルの魔力なんて上澄みしか感じ取れなかった……でも、今は分かる）

メルトラがアルから感じ取ったのは、底知れぬ深淵《しんえん》。

どこまでいっても終わりが見えない、異形《いぎょう》の化物であった。

「メルトラ、覚えておきなさい」

「え……？」

「アル様はまだ、一度も本気というものを見せたことがありません」

　メルトラは言葉を失う。

〝あれ〟で本気じゃない？

　では、彼が全力で魔力を解き放った時、どんなことが起きてしまうのだろう――。

　それこそ、知らない方がいい気がした。

「何をごちゃごちゃと……仲間同士で励まし合いか？　くだらない」

「お前には理解できないみたいだな。まあ、仕方ないか」

　前に出たアルは、ガオルクと向かい合う。

　それを見たメルトラは、思わずガオルグを哀れんだ。

　この先に待ち受ける結果は、彼にとって目を背《そむ》けたくなるほどのものになると思われるから。

「……っと、間に合ったみてェだな」

「とーちゃく」

　戦いが始まる寸前、山頂に二人の人間が到着した。

バルフォとスキリア。

彼らはどこかワクワクした様子で、ゼナとメルトラの下へと歩み寄る。

「お、イルムスとエルナが倒れてるじゃねぇか。あんたらがやったのか？」

「う、うん……」

「やるじゃん、やっぱりあんたを先に行かせて正解だったな……っと、おーこわっ！　睨まれてらァ」

突然現れたと思ったら敵と談笑し始めたバルフォに対し、ガオルグの殺気が飛ぶ。

「バルフォ、スキリア、何をしている？　さっさとそこにいる連中を始末しろ」

「あー、悪いねェ大将。オレたち初めからこっち側なんだわ」

バルフォは申し訳なさそうに頭を掻く。

そんな彼にスキリアが同調したように頷いたのを見て、ガオルグは突如として笑いをこぼした。

「ククク……そうか、なるほどな」

ガオルグの体から、魔力が滲み出す。

それを間近で見ていたアルは、ほうと声を漏らした。

常人と比べれば、明らかに桁違いの魔力。

——実のところ、メルトラ自身の魔力はまだ決して多いというわけではない。

どちらかというと、感覚が鋭敏になり、魔力の成長限界が解放されたことによってアルたちの魔力を感じられるようになったのだ。

その点、ガオルグの魔力は打ち止め状態であり、アルたちの魔力を感じ取れるほど感覚も鋭くないが、今のメルトラよりも魔力の総量だけでいえばかなり多い。

彼がこれまで行ってきたであろう鍛錬の厚みが、そこにはある。

「全員でかかってくるか？　私は一向に構わんぞ」

ガオルグは笑みを絶やさず、両腕を広げ自信溢れる顔で告げる。

「貴様らが何人束になってこようが、私の前ではすべてが等しく有象無象《うぞうむぞう》！　全員この手でひねり潰してくれるわ！」

私が最強。

私が最高。

私が全て。

私こそが王の中の王。

ガオルグの態度は、そういうものだった。

「……おい」

「あ?」

「お前にとって、王とはなんだ」

そんな彼に、アルは問いかけた。

「ふっ、面白い質問だ。特別に答えてやる」

「……」

「私にとって王とは、〝支配する者〟だ」

ガオルグは、さも当然のことかのように言い放った。

「ありとあらゆる物を手に入れ、ありとあらゆる者に命令を下し、ありとあらゆるモノを司《つかさど》る——私こそが至高。他はすべて有象無象だ。そこにあろうがなかろうが、どうでもいい。民は私に仕えることを喜びとし、私のために死ね。他国は我が国のために生き、我が国のために利益を献上せよ。世界の中心は、まさに王たる私がいる場所だ」

「……そうか、お前の考えはよく分かった」

「なんだ、何か言いたげではないか。特別に意見することを許してやるぞ?」

「別に、お前の考えに何か物申したいわけではない」

ただ——。

「礼だけは言っておかなければならないと思ってな」

「礼だと？」

「ああ、お前のおかげで、俺は王として進むべき道が見えた」

山頂に、風が吹き荒れる。

それは本当に、なんてことのない自然現象。

しかし、ガオルグは心に妙なざわめきを覚えた。

まるで風が、アルのために吹いたかのような、妙な感覚。

それはガオルグに対し、強い疎外感を与えた。

「俺は、なんのために生まれてきたのかは分からない。だが、生まれたからには、きっとやるべきことがある」

「っ……！」

アルの方から吹く風が、一層強くなる。

そしてガオルグは、知らず知らずのうちに自分が一歩後ずさっていることに気づいた。

「お前が自分のために生きる王ならば、俺は人のために生きる魔王となろう。人のために生き、人のために死ぬ魔王に」

「ほざけ……ッ！　私の前に立つな！　この不届き者が！」

ガオルグが拳を振り上げる。

アルはそれを見て瞬時に両手を交差すると、直後強い衝撃と共に真後ろへ吹き飛ばされた。

(アル様を吹き飛ばしたか……やはりあいつ、ここに来てから力が増してやがる)

今の攻防を見て、意味深な思考を浮かべているバルフォ。

当然そんなことに気付かぬまま、彼らは戦いを続ける。

「人のため⁉　そんなもの、王のやるべきことではない！　王とは、世界でもっとも自由な者を指す言葉だ！　民は王のために生きる駒《こま》でしかないッ！」

「……」

「貴様が王だと⁉　笑わせるな！　ただの平民風情が！　私のために道を開けろ！」

ガオルグの周囲に、黒い魔力がうずまき始める。

それを感知した瞬間、ゼナは酷く驚いたような声を上げた。

「あ、あの魔力……！　そんな馬鹿な⁉」

「……そんな馬鹿な話があるんだなァ、これが」

「っ、説明してください、バルフォ。どうしてあの男から、アル様……いえ、魔王アルドノア様と似た魔力を感じるのです！」

ゼナの言う通り、ガオルグの周囲を漂《ただよ》っている黒い魔力は、かつて魔王アルドノアの周囲に漂っていたものと酷似《こくじ》していた。

しかし似ているだけで、確かにガオルグの魔力だと分かる。

まるで意味が分かっていないメルトラはともかくとして、ゼナの頭は混乱に混乱を重ねていた。

ちなみにスキリアはこの状況でも興味なさげに無表情である。

「……オレにはずっと、疑問に思ってたことがあってな。アル様は前世の時から〝自分が生まれた意味〟を追い求めていたが、オレは〝魔王の生まれ方〟の方に興味があったんだ」

「魔王の……生まれ方」

「アル様は突然世界に誕生したって言ってたが、そんなことはありえねェ」

「ありえない……？　根拠はあるのですか？」

「無から生物が生まれるなんてことは、ありえねェ。いくら魔法だの魔力だの、まだ解明しきれてない力があったとしても、それだけはありえねェんだよ」

「……」

「この世にあるものすべて、どれも例外なく、生まれることになったきっかけがある。それはオレが出した結論だ。まあ、ベルフェほど専門的なことは分からねェから、大雑把《おおざっぱ》な調べだけどな。……魔王アルドノアには血が通い、肉と骨がある。生物として生まれたきっかけがある。——そこから考え出した仮説は、こうだ」

魔王アルドノアには、〝元になった人間〟がいる。

「ッ⁉」

「何者かがある日魔王となり、災厄に至った。……何度も言うが、これは仮説だぜ。具体的な証拠も根拠も少ない。ただ、これでまたひとつ根拠ができたな」

「……なるほど、ガオルグには、〝魔王の素質〟があると」

黒い魔力。

そこから魔王アルドノアの気配がするということは、その魔力に魔王の因子が含まれていると考えられる。

「魔王アルドノアがこの世を去ってから、およそ千年。そろそろ新たな魔王が生まれてもいい頃だ」

「それを確かめるために、あなたはガオルグを泳がせていたわけですか」

「そういうこと。さあ、見物だぜ」

言葉は軽くとも、バルフォの顔つきは真剣だった。

「ククク……この島に来てからずっと調子がいい。今ならどんな敵が来ようとも、この手でひねり潰してやれる」

「御託《ごたく》はいい。さっさと来い」

「ふっ、そんなに早く殺してほしいか？　いいだろう、望み通りにしてやる！」

黒い魔力が、ガオルグの拳に集まる。

彼は魔法というものにほとんど頼らない。

あらゆる物を肉体ひとつで粉砕する、それこそが彼の揺るぎない戦闘スタイルだ。

「〝破山衝《はざんしょう》〟！」

繰り出された拳は、アルの腹部を捉える。

勢いよく後ろへ吹き飛ばされるアル。

ガオルグはそんな彼に一瞬にして追いつくと、頭を鷲《わし》摑みにして地面に叩きつけた。

「まだ終わらせんぞ……！」

ガオルグはアルの体をそのまま空中に放り投げる。

そして拳を思い切り引き絞り、魔力を集中させた。

「〝破山連衝《はざんれんしょう》〟ッ！」

先ほどアルを吹き飛ばした拳を、今度は何度も何度もその体に叩き込む。

一つ一つが山を砕くほどの威力がある、重たい拳。

そして最後の一撃がアルの顎を跳ね上げた瞬間、ガオルグは地面が割れるほどの踏み込みと共に、最大限強化した肘打ちを彼の鳩尾《みぞおち》に叩き込んだ。

「〝破山剛衝《はざんこうしょう》〟」

最初の一撃とは比べ物にならないほど、アルの体が吹き飛んでいく。

そして力なく転がったアルを見て、ガオルグは高笑いをあげた。

「くはははははは！　全身の骨が粉々になったか？　心地のいい手応《てごた》えだったぞ！」

黒い魔力が、さらにガオルグの周りにうずまき始める。

それを見ていたバルフォは、なにかに気づいたかのように目を見開いた。

「なるほど、あれはガオルグから出てる魔力ってわけでもねぇのか」

ガオルグの周りにうずまく黒い魔力。

それは地面や木々から滲みだし、彼の周りへと集まってきていた。

「ガオルグの力が増幅している……！　バルフォ！　このままでは彼が新たな魔王になってしまうのでは⁉」

「この世界の〝ナニカ〟が、あいつを新たな魔王に選ぼうとしてるってわけだな。さながらこれは魔王になるための最終試練ってところか？」

この島には魔王アルドノアの残り香《が》以外にも、人を魔王にするための〝ナニカ〟の意志がある。

バルフォやゼナは思った。

ガオルグがアルに勝利すれば、おそらく彼は、新たな魔王となる――と。

しかし。

（いくらなんでも……相手が悪すぎるな）

魔王になるための最後の試練が、先代魔王に勝つこと。

それこそ、この世でもっとも難しいことだというのに……。

「……そうか、俺もこうして生まれてきたのか」

倒れ伏したアルがそう言葉を漏らす。

すると、周囲の空気が一変した。

「……なんだ？」

「俺はこの世界に巣食《すく》う〝ナニカ〟に、目的を持たされて生まれたらしい」

ゆらめきながら、アルは体を起こした。

「くく……その〝ナニカ〟が俺に何をさせようとしたのかはか分からない。ということは、俺が生まれた本当の意味も分からずじまいか……どこまでもおちょくってくれる」

「っ……」

ガオルグはアルから立ち上る妙な雰囲気を前にして、思わず後ずさってしまう。

バルフォとゼナは、そんなガオルグを気の毒に思い始めていた。

魔王の因子《いんし》を吸収し、力を高めてしまったせいで、彼はアルの魔力に気づけるようになってしまっている。

知りたくもなかったはずの、圧倒的な力の差に。

「ガオルグ、お前を救ってやる」

「な、なんだと⁉」

「お前には、俺と同じ未来は背負わせせん」

「っ……!?」

わずか一回の瞬き。

たった一瞬の間に、ガオルグはアルの姿を見失った。

「ど、どこ──」

「ここだ」

「ごッ……！」

真後ろに現れたアルの蹴りは、ガオルグの横腹を叩いた。

為《な》す術《すべ》なく吹き飛ばされるガオルグ。

彼は地面を削りながらかろうじて止まるも、その表情は完全に青ざめていた。

「か……かはっ」

少量ながら、ガオルグは地面に血を吐き出す。

内蔵がぐちゃぐちゃになってしまったかのような、脇腹が訴えてくる激痛。

あと一発でも喰らってしまえば、自分が立っていられないことは明白だった。

「さあ、終わりにしよう」

「ふざけるな……っ！　私は王だ！　世界を総《す》べる男だッ！　たった一度の敗北すら……許されぬのだァ！」

ガオルグの手に、これまでにないほどの魔力が集まっていく。

どす黒く、そして不気味な力。

自分の心がその力に飲まれつつあることを、ガオルグはまだ自覚していなかった。

「終わりは貴様だ……！　この平民風情がッ！　私の前に立つんじゃない！」

爆ぜるほどの強さで地面を蹴ったガオルグは、そのままアルに肉薄する。

そしてその拳を振りかぶり、アルに向けて解き放った。

「〝覇山魔天衝《はざんまてんしょう》〟！」

大気が震えるほどの威力を持つ一撃。

たとえ避けたところで、その体は振動で甚大《じんだい》なダメージを負うことだろう。

勝利を確信したガオルグ。

そんな彼を、アルは憐れむような目で見ていた。

そして、信じられないことが起きる。

「……は？」

ガオルグは目の前で起きたことが理解できず、完全にフリーズしてしまう。

「ガオルグ、お前ではその力に耐えられない」

自分の全力を込めたはずの拳は、アルの手のひらによって軽々《かるがる》と受け止められて

いた。

そしてその反動か否か、ガオルグの拳は砕け、腕の筋肉が裂けてしまったせいか血まみれになっている。

遅れてやってくる激痛。

ガオルグは絶叫し、地面をのたうち回る。

「がぁぁぁああ!? な、何が起きたんだ……!? わ、わた、私の拳が！」

「拳の威力をそのまま返してやった。よかったな、大した威力がなくて。下手したらお前の腕は肩から吹き飛んでいたぞ」

「大した威力ではない……!?」

激痛などなんのその。

ガオルグにとってはそんな痛みよりも、自分が貶《けな》されたことの方が我慢ならなかった。

そして彼は、精神力で無理やり崩れ落ちていた体を立て直す。

「貴様らのような生きる価値もないような連中が！　私を見下すなァァァア！」

「……その意気やよし」

「っ!?」

アルはその両手を、ガオルグの胴体に添える。

「〝魔掌打《ましょうだ》〟――」

「や、やめッ」

「―― 〝ディアブロホーン〟」

悪魔の両角を思わせる、二つの衝撃がガオルグの胴を貫いた。

盛大に吐血をし、ガオルグはその場に崩れ落ちる。

「か……がはっ……な、ど、どうして……こ、んなことに……」

「多少なりとも強化されていてよかったな。でなければ即死していただろう」

「⁉」

驚くガオルグの体が、制服に施された守護の魔法によって青白い光に包まれる。

それはつまり、彼の戦闘不能を表していた。

「そんな……⁉　ま、まだ――」

「もう終わりだ、ガオルグ。お前は〝王〟には選ばれなかった」

「ぐっ……⁉　な、何故だ……力が……抜けていく……⁉」

ガオルグの体から、黒い魔力が抜けていく。

そしてそのまま地面に帰っていく様子は、さながら彼を見放したかのようだった。

「私の……魔力が……」

「よかったな、ガオルグ。お前はまだ、人間のままだ」

アルは安心したような表情を浮かべ、息を吐く。

自分だからこそ分かる、魔王になってしまうことの残酷さ。

人間であったそれまでの自分はすべて消え去り、生きる目的を失った抜け殻だけが残る。

たとえガオルグがどれだけ非人道的な人間だったとしても、アルはこれ以上自分のような者を生み出したくなかった。

「ま、まだだ……！」

「……？」

「まだ、私には奥の手が残っている！」

ガオルグがそう叫ぶと、アルは山頂に向かって複数の気配が近づいてくることに気づいた。

「まさか……！　他にもバルザルク帝国の連中が隠れてたの⁉」

「くははは！　そのまさかだ……！　鍵はまだ私が持っている！　このまま奴らに貴様らを始末してもらい、私は勝利を手に入れる！」

地べたに這ったまま、ガオルグは高笑いを上げた。

メルトラは焦る。

まだ日没までは時間があるが、気配の数がそもそも多く、いくらアルたちでも全員の相手をしているうちに鍵を奪う時間がなくなってしまうかもしれない。

「大丈夫です、メルトラ。もう全部終わってますから」

「え？」

ゼナにそう告げられ、メルトラは気配のする方に目を凝らす。

するとその方向から、見知った顔が歩いてくるのが見えた。

「――あー……マジで面倒くさかった」

「べ、ベルフェ先生！」

「皆お揃いって感じか。タイミングよかったかな、じゃあ」

ベルフェは手に数本の縄を握っていた。

その縄は彼の後ろに続いており、彼が何かを引きずっていたことが分かる。

「とりあえず、ゲーム参加者以外でエリア内にいた奴らを全員捕まえてきたッス。これでもう邪魔はできないッスよ」

ベルフェが縄を引っ張れば、二十人ほどの少年少女が姿を現した。

彼らは全員バルザルク帝国の制服を着ており、明らかにゲーム参加者といった様子ではない。

もれなく全員戦闘不能になっており、意識を失っているか、呻《うめ》き声を上げることしかできない者ばかりになっていた。

「き、貴様は教師か……⁉　何故ここに……！」

「あんたらが不正を働くだろうってことはなんとなく分かってたからな。あらかじめ俺もゲームエリアに隠れてたんだよ。もちろん不正さえなければ手は出さなかったけどな」

ベルフェの説明を聞いて、バルフォは笑い声を上げる。

「ははは！　さすがはうちの参謀《さんぼう》様だ！　抜かりねェな！」

「うるせぇよ。お前があらかじめ伝えておいてくれれば苦労も減ったのに」

「そんなことしなくても、こうして全部解決したろ？」

「結果論だろうが……」

「まあまあ、後で面白い研究内容を教えてやるから」

「……仕方ねぇな」

研究となると目の色が変わってしまうのが、ベルフェの悪い癖だった。

「ぐっ……」

ガオルグはまるで助けを求めるかのように、周囲に視線を巡らせる。

しかし当然ながら、近くに彼の味方は一人として存在しなかった。

「こ、この私が……敗北した……だと」

「ああ、いい加減受け入れろ」

アルはガオルグの制服を漁り、鍵を手に入れる。

ガオルグが負ったダメージは、決して日没までに回復するようなものではない。

こうして、今年の学園対抗戦は、終わりを迎えた。

エピローグ：魔王、手を伸ばす

今年の学園対抗戦は、エルレイン王立勇者学園の優勝で終了した。

表彰式を終えた翌日。

ブレイブアイランド滞在最終日となったアルたちは、メルトラの祝勝会という提案の下、中心街へと繰り出していた。

「いやァ、よかったな！　アル様！　無事優勝できてさ！」

串焼きを頬張りながら、バルフォがアルの肩を叩く。

それに強い違和感を覚えたゼナは、思わず咳払いをこぼしてしまった。

「ごほんっ……あの、バルフォとスキリアは何故いるんですか？」

「何故って、オレたちも仲間だろ？」

「一応これはエルレインの打ち上げという体《てい》だったんですけどね……」

「かてェこと言うなよ。メンバーが四人から六人に増えたところで、大して変わらねェじゃんか」

「……まあ、別に駄目と言っているわけではないですけど」

ため息を吐き、ゼナは渋々といった様子で引き下がる。

ともあれ、拒否する理由がないことも事実。

変に食い下がる必要がないことは、ゼナも理解していた。

「アル様、これ美味しい。食べた方がいいよ？」

「うむ……本当だ、これは美味いな」

「うん、でしょ？」

スキリアがアルに屋台で買った食べ物を食べさせているのを見て、ゼナの額《ひたい》に青筋が走る。

「前言撤回。やはりあなたたちは別の場所で大人しく反省会でもしていなさい！」

ムキになって追いかけ回すゼナと、逃げ回るバルフォとスキリア。

前世でも似たような対立はあったものの、この微笑ましさは現世特有のものであった。

「メルトラ、俺の作ったディザイア・アイは役に立ったみたいだな」

「うんっ！　おかげでバルザルク帝国の人に勝てたよ」

「そいつはよかった」

笑みを浮かべたメルトラは、ベルフェに、そしてアルの方へ突然頭を下げる。

驚く二人を前にして、彼女は口を開いた。

「ボクが生きているのも、強くなれたのも、皆のおかげ。だから……本当にありがとう」

「……俺たちに恩を感じるなとは言わないが、もう気にする必要はないぞ。それに……確かにメルトラは強くなったが、まだまだ先もある」

「うん……分かってる。アルの野望《やぼう》のためにも、ボクももっと強くならないとだね」

深く決意を固めたようなメルトラの表情を見て、アルも笑みを浮かべる。

そしてアルは、雲一つない青空に視線を向けた。

「……ベルフェ」

「はい」

「俺はこれで野望に一つ近づけたか？」

「それは間違いないかと。学園対抗戦優勝という実績を取り戻した英雄たちを、平民だからという理由で無下にはできないはずっスから。成り上がりの二歩目としては、上出来にもほどがある結果っスよ」

「……そうか」

「……」

ベルフェはアルの言葉を受けて、目を伏せた。

自分がどこかの人間を元にして生まれた存在だと知ったアル。

生まれた理由も、何をすべきだったのかも、結局は分からずじまい。

アルの心に広がった虚無は、さらに深いものへと変わっていた。


〝あなたの元になった人間を調べておきましょうか？〟


そう口にしようとした自分を、ベルフェは戒めた。

知ったところでなんになる。

その頃の記憶は、もう戻らない。

調べたところで見つかる可能性は極めて低いし、仮に分かったとしても、アルの心をさらに虚無へと追い込むだけだ。

「アル様」

「……？」

「このまま、目的に向かって進んでいきましょう」

ベルフェ自身も、覚悟を決めた顔をアルへと向けた。

「世界を滅ぼしたとしても、あなたの生まれた意味ははっきりしないかもしれません。しかし、あなたがこの世界を滅ぼそうとする限り、今日のように新たな魔王となるための素質を持つ者が立ち塞がってくる可能性は高いです」

魔王の候補が、ガオルグ一人のはずがない。

自分が〝ナニカ〟であったのなら、間違いなく複数の人間に目を付ける。

「その者たちと出会う度に共通点を探っていけば、もしかすると……」

「俺が魔王となった理由も分かるかもしれない、か」

「はい」

アルは思案する。

ベルフェの言葉は、かなり筋が通っていた。

世界を滅ぼすという野望と、自分の生まれた意味を知りたいという願い。

アルの中で、二つの願いが交差した瞬間だった。

「ベルフェ、メルトラ。俺は世界を滅ぼし、その過程で、自分が生まれた意味を見つけてやるぞ」

アルは太陽に手を伸ばし、そして、その手を握りしめた。

◉番外編：アルのプレゼント

「〜♪」

エルレイン王立勇者学園の廊下を、金髪の少女が上機嫌な様子で歩いている。

彼女は女子生徒でありながら、男子用の制服を身にまとっていた。

一年Aクラス、メルトラ・エルスノウ。

四大貴族の一つ、エルスノウ家の娘である。

彼女は自分の所属しているAクラスの教室——ではなく、もっとも不出来な生徒たちが集まるFクラスの教室へと歩みを進めていた。

「アル！　ゼナ！　いる？」

Fクラスの扉を堂々と開けて、メルトラは中へ足を踏み入れた。

教室の中に残っていた数名の生徒たちは、メルトラの姿を見てそそくさと外へ出て行ってしまう。

Ａクラスの人間がＦクラスを訪れる場合、それは学園内での〝奴隷〟を探す行為であるというのが常識。

とあるＦランクの生徒によってその常識は覆されたわけだが、それは置いておいて。

「ああ、メルトラ。アル様なら教室にはいませんよ」

メルトラの姿を見て近寄ってきた女子生徒が一人。

ゼナ・フェンリス。

メルトラと同じく四大貴族の一つ、フェンリス家の娘である。

「え、そうなの？」

「何か用事ですか？」

「あー……また街に買い食いにでも行きたいなって思って誘いに来たんだけど……」

「ほう、私の前でよくその目的を口にできましたね。アル様と二人きりになることをこの私が許すとでも？」

「えー!?　……仕方ないなぁ。それならゼナも一緒でいいよ」

「仕方ないはこっちのセリフですっ！　メルトラでなければ首を捩《ね》じ切っていたところですよ」

「相変わらずアルのことに関しては過激だなぁ……」

二人はそんな会話をしながら、教室を出る。

そしてすぐにメルトラはあることに気づいた。

「って、なんか自然と探しに行く流れになってるけど、ゼナはアルの行方を知ってるんじゃないの？」

「失礼なことを聞きますね……私はアル様の忠実なる下僕ですよ？」

「ああ、そうだよね――」

「まったく分かりません」

「分からんのかい」

ジト目でツッコミを入れる羽目になったメルトラ。

対するゼナは普段通りの凛とした表情を浮かべ、素知らぬふりをする。

ゼナ・フェンリスという女は、前世では魔王軍の幹部を任されていた存在だ。

魔王アルドノアからの絶大な信頼に相応しい、その身をすべて彼に捧げられるほどの忠誠心を持っている。

ただ、彼女は思ったよりもポンコツだ。

特に魔王アルドノアことアルの話になると、考えよりも先に手が出ることもある。

それが可愛げでもあるのだが、寛大《かんだい》な心を持つアルだからこそ許せるという部分でもあり、メルトラのように単純に振り回されるだけの立場にいる人間からすれば、はた迷惑になってしまうこともしばしば――。

「授業が終わってすぐに教室を飛び出して行かれたので、本当に行方は知らないのです。魔力で探知すれば見つけられるかもしれませんが、この前それをしたら〝気が散るからやめてくれ〟と叱られてしまいまして……」

「そりゃそうだよ」

アルほどの実力者になると、自分が魔力探知されていることにも気づける。

そして気づけてしまうからこそ、多少の不快感を覚えてしまうのだ。

例えるならば、顔の周りで羽虫《はむし》が飛び回るような、そんな不快感である。

アルが叱るのも無理はない。

「じゃあ、とりあえず二人で探そうよ。まだ授業が終わってからそんなに時間が経ってないいし、近くにいるかも」

「……そうですね。行きましょう」

二人はなんとなく廊下を進んでいく。

こういう時、示し合わさずとも最初に行くべき場所はお互いに理解していた。

◇◆◇

「――それで、俺のところに来たわけか」

「うん……」

二人が最初に訪れた場所、それは頼れる参謀役であるベルフェがよく喫煙所代わりに使っている校舎裏だった。

いつも通り葉巻を嗜《たしな》んでいたベルフェは、煙と共にため息を吐く。

「はぁ……おい、ゼナ。お前こないだアル様を追い回して怒られただろ。まだ懲りてねぇのか？」

「あの時はアル様が逃げてしまうから……！　っ、ごほん！　今日は用もなく探しているわけではありません！　私たちと共に街で買い食いでもしませんかと誘いたくて探しているのです」

「用がありゃいいってもんじゃねぇと思うんだが……はぁ」

再びため息を吐いたベルフェは、メルトラの方へと一瞬視線を送る。

ゼナはともかく、ベルフェもメルトラからアルに向けられている気持ちは理解していた。

メルトラの前向きな姿勢や向上心は好感の持てる要素でもあるし、ベルフェとしても素直に応援してやりたいという想いがある。

「……アル様なら、さっき俺がまだ職員室にいる間に一回訪ねてきた。『プレゼントを買いたいから、街でそういうものを売っている場所を教えてくれ』って。だから今頃街の方に行ってるんじゃねぇかな」

「プレゼント、ですって？」

ゼナの体から、嫉妬のオーラが立ち上り始める。

その圧力に冷や汗を流しつつ、メルトラはゼナの腕を引っ張った。

「あ、ありがとうベルフェ先生！　街に行ってみるよ！」

「おお、あんまりアル様に迷惑かけんなよ」

「うん！　気を付けるよ！」

ゼナと共に去って行くメルトラ。

二人を見送ったベルフェは、何気ないいつも通りの日常を噛み締めるかのように、葉巻の煙をふかした。

「アル様がプレゼントを買いに行くなんて……相手は一体どこの誰なんですか！」

ぷんすこと憤りを見せながら、ゼナは疑問を吐き散らかした。

隣を歩くメルトラもその様子を窘めつつ、同じ疑問を抱く。

「確かに……アルがプレゼントを渡したくなる相手って、一体誰なんだろう」

直接本人に言うのはあまりにも失礼な話ではあるが、メルトラもゼナもアルという人間がプレゼントを渡す、ましてや選ぶなんて考えを持っているとは思っていなかった。

彼は王。すべてを蹂躙《じゅうりん》する力を持つ、魔族の王。

褒美《ほうび》を与えることはあれど、無償の施しを与えることはほとんどない。

特にゼナの方は、それ故に強い焦りを覚えていた。

「……とにもかくにも、アル様に直接聞かないことには何も始まりませんね。まずはベルフェが教えたというアクセサリーショップの方へと向かいますよ」

「うん、そうだね」

中心街へと足を踏み入れ、二人はアクセサリーショップを目指す。

商店街は相変わらずの活気に溢れ、人でごった返していた。

人混みをかき分けながら進み、ようやく二人は店へとたどり着く。

「ここですね」

「……すごい素敵なお店じゃん」

二人が足を踏み入れたのは、こじんまりとした外観を持つアクセサリーショップ。

並んでいる商品はどれも手作り感溢れるもので、職人の洗練された腕が窺える物ばかり。

しかしそれらの値段は決して高くはない。

安すぎるというわけでもないが、平民でも十分に手が届く物ばかりであった。

「おや、可愛らしい子が二人も。いらっしゃい、ゆっくり見ていってね」

「あ……ど、どうも」

店の奥から現れた初老の女性が、彼女たちに声をかける。

商品に見惚れていたが故に反応が遅れてしまったが、メルトラもゼナも彼女に対して挨拶を返した。

そんな二人の様子を微笑ましく見つめながら、女性は代金のやり取りをするためのカウンターの方へ腰掛ける。

「……ここにある物は、すべてあなたが作っているのですか？」

「ええ、そうよ」

「値段が安いのには何か理由が？」

「ああ、素材の仕入れ値が安いのよ。どれもそこら中で買える物ばかり。高い宝石や魔石なんかは一つも使っていないわ」

「ふむ……なるほど」

ゼナはそんな会話をした後、改めて商品を見る。

確かに女性の言う通り、ここにある物は主に木材や決してお世辞にも貴重とは言えない鉱石などで作られた物ばかり。

素材の値段が安価であることは十分伝わってきた。

しかし——。

「……見ず知らずの私が言うのも余計なお世話かもしれませんが、あなたの技術はもっと価値のあるものだと思います。もう少し高級な素材を用いて値段を上げた方が利益が出やすいのでは？」

「ふふっ、私の腕を褒めてくれて嬉しいわ。でも、儲けのことはあまり考えていないの。私が作った物たちが誰かの幸せに繋がるって考えたら、それだけで十分満足なのよ」

「……」

女性の言葉を聞いてまずゼナが感じたことは、〝勿体《もったい》ない〟という想いだった。

価値の低い物をこれだけのクオリティに仕上げられるということは、素材を変えるだけで多くの金持ちが大金を出して購入を願う可能性が見込める。

なんならフェンリス家の専属技師になってほしいと願うくらいには、ゼナにとって魅力のある腕だった。

家の財政を整えるにあたり商売について学んだゼナには、この女性の価値を正しく認識しているという自負がある。

だからこそ、惜しい。

「ゼナの言っていることも理解できるけど、ボクはこの人の言っていることも分かるなぁ」

「メルトラ？」

「ボクももっと強くなりたいって思ってるけど、それは学園の人たちとか、色んな人に認めてほしいからってわけじゃないもん」

メルトラが強くなりたいと願う理由は、アルやゼナの側にいたいから。

名声や栄光を求めているというわけでは、決してない。

「身近な人や、本当に伝わってほしいと思う人に理解してもらえれば、それでいいって思えるんだよね」

「ふふっ、その通りね。私もそういう風に思っているから、細々とした商売で十分なの」

二人の話を聞いた上で、ゼナは再び商品に視線を落とす。

そして彼女は、ここに並ぶアクセサリーたちの不思議な魅力の出所を理解した。

（人を想う気持ち、ですか……）

値段や価値だけではない。

作り手によって込められた気持ちや想いがあるからこそ、この商品たちはより魅力的に映るのだ。

素材の価値を上げればいいってわけでもない。

それを理解したゼナは、己の発言を悔いた。

「すみません、出過ぎたことを言いました」

「いえいえ、私は何も気にしていないわ。むしろ技術を褒めてくれてありがとうね」

女性のにこやかな顔を見て、ゼナは己に芽生えた羨望という感情を自覚した。

誰かを思いやり、人の幸せを願う。

そういった感情は、人間だからこそ抱《いだ》けるものだ。

人間になって十数年。

すでに感情というものを把握し切ったと思い込んでいたゼナは、そんな自分を窘めた。

「ところで、お二人はどうしてこの店に？　物を買いに来たって雰囲気でもないけど……」

「あ、ごめんなさい！　今人を探してて……」

「人？」

「こう……黒髪でスラっとしてて、ボクと同じ制服を着た男の子が来ませんでしたか？」

「ああ、そんな特徴の男の子だったら、少し前に来たわ。なんでもプレゼントにオススメの物はないかって聞かれて、いくつか見繕《みつくろ》ってあげたんだけど……」

「そうですか……すれ違っちゃったかな？　もうゼナの屋敷の方に戻ってたりして

――」

メルトラのその発言に対し、ゼナの眉がピクリと動く。

「いえ、その可能性は低いと思います」

「え？」

「この店から私の屋敷の方へ戻るには、道を引き返さなければなりません。となると、私たちとすれ違わないといけなくなります。人で溢れていて姿は見えなかったとしても、すれ違ったのであれば匂いで分かるはずなので」

「……」

当たり前のことのように言っているが、自分の発言が少しおかしいことにゼナは気づいていない。

慣れているベルフェであれば素早くツッコむことができたが、まだ関係の浅いメルトラには荷が重い状況であった。

「ふふっ、あなたたちはその男の子のことが好きなのね」

「はい、特別な人ですから」

そう言い切ったゼナを見て、女性は優しげな笑みを浮かべる。

そして二人に少し待つように伝えると、彼女はカウンターから小さな石が埋め込まれた木彫りのネックレスを取り出した。

「これ、その男の子が買っていった物の試作品なんだけど、よかったらもらってちょうだい」

「え……いいんですか？」

「ええ。お節介かもしれないけど、二人からその男の子にプレゼントしたりすれば、なんだか喜んでもらえる気がするの」

「……？」

ニコニコとした笑みを浮かべる女性の態度に違和感を持ちつつも、メルトラは女性からネックレスを受け取る。

手元に乗せたそのネックレスを眺めながら、メルトラとゼナは首を傾げた。

◇
◆
◇

「——結局、アルには会えなかったね」

「そうですね……」

アクセサリーショップを出た二人は、仕方なしに道を引き返していた。

念のため店主の女性にアルが行き先を伝えていなかったかと確認したが、当然そんなはずもなく。

当てを失った二人に残された手段は、帰宅という道しかない。

「はぁ……アル様のプレゼントは一体誰の手に……ん？」

「どうしたの？　ゼナ」

「……アル様の匂いがしました」

「え⁉」

突然振り返ったゼナに釣られ、メルトラも振り返る。

すると自分たちが来た方の道から、見覚えのある顔が歩いてきているのが見えた。

彼はゼナとメルトラを見つけると、ハッとしたような表情を浮かべる。

「ゼナとメルトラじゃないか。どうしたんだ、こんなところで」

「アル様……！」

アルに目掛けて、ゼナが駆け寄っていく。

その様子を見て置いていかれてはたまらないと思ったメルトラは、同じようにして彼女の背中を追った。

「アル様を探していたのです。ベルフェから街の方へ行ったと聞きまして」

「そうだったのか。すまなかったな、行き先も告げずに」

「いえ……」

「そうだ、お前たちに渡したい物があってな。少し場所を変えよう」

「え？」

アルはそのまま二人を連れてフェンリス家の屋敷に戻ることを提案した。特に反対する理由を持たない二人は、素直にそれを受け入れる。

やがてフェンリス家の自室までたどり着いたアルは、二人に対してそれぞれ小箱を一つずつ手渡した。

「アル、これ何？」

「日々世話になっている感謝の品だ。ベルフェに色々と相談していたのだが、気持ちを伝えるのであれば身に着けられる物を渡すのがいいと聞いて、俺の小遣いでも買える物を見繕ってきた。気に入るといいのだが……」

二人はアルの前で箱を開ける。

そこには先ほどのアクセサリーショップでもらった試作品のネックレスと同じ物が入っていた。

「ゼナ、これって……」

「ええ……」

アルがプレゼントを探していた理由は、自分たちに渡すためだった。

その事実を理解した瞬間、二人の中に喜びが溢れ出る。

「あ……アルしゃまぁぁあああ！」

「おい、なんだ急に」

「うれじくて……じあわせすぎてしんでしまいます」

涙を流すゼナは、そのままアルへと縋りつく。

そんな彼女とは対照的に、メルトラはいまだ箱の中に収まっているネックレスをただただ見つめていた。

「む、どうした、メルトラ。もしかしてあまり気に入らなかったか……？」

「……あっ、ううん！　そういうわけじゃないんだ！　なんか、不意打ちでびっくりし過ぎちゃったっていうか」

メルトラは、アルは鈍感であり続けると勝手に決めつけていた。

男女の関係において鈍感であることは揺るぎないかもしれないが、失礼ながらこういった気の利くプレゼントを贈れる人間だとは想像していなかったのである。

故にそれが強い驚きへと変わり、メルトラは本来よりも強い喜びに面食らっていた。

しかし再びネックレスが視界に入り、彼女は店主の女性に言われたことを思い出す。

『お節介かもしれないけど、二人からその男の子にプレゼントしたりすれば、なんだか喜んでもらえる気がするの』

（……ああ、なるほど）

あの店主は、アルがメルトラとゼナのためにプレゼントを買ったことを理解したのだ。

だからそのお返しとして渡せるように、試作品をくれた——ということらしい。

「ゼナ、私たちもアレを渡そうよ」

「え？　……ああ、そうですね」

ゼナもすぐにそのことに気づいたようで、なんの話をしているのか状況が理解できていないアルを置いて少し下がる。

「アル、ボクたちからも感謝のしるしがあるから、受け取ってもらえる？」

「……これは」

メルトラは、アルの前にネックレスを差し出した。

それを受け取ったアルは多少なりとも驚いた様子を見せるが、すぐに小さく笑みを浮かべる。

「なるほど……確かにこれは嬉しいものだな」

「っ……！」

アルが浮かべている笑みは、どこまでも優しかった。

その表情を見て、メルトラは自分の胸がキューっと締め付けられるような感覚を覚える。

それはもちろんゼナも同様であったが、普段からそういう感覚を覚えることが多い彼女とは違い、メルトラはまだそれに慣れてはいない。

それ故に顔が赤くなってしまったのも、この場においては仕方のないことだと言えた。

「？　どうした、メルトラ。顔色が少し変に見えるが……」

「なっ……な、なんでもないから！　大丈夫！」

「……そうか？」

「ほ、本当に大丈夫だから！　ぷっ、プレゼントありがとう！　絶対大事にするから！」

「あ、ああ……」

「ボクはこれで帰るね！　ま、また学園で……！」

有無を言わさずメルトラはフェンリス家の屋敷を後にしてしまう。

残されたアルは首を傾げ、ゼナの方へ視線を送った。

「ゼナ、俺は何か悪いことをしてしまったのだろうか？」

「……アル様の行いに間違いなどないと存じますが、その……〝罪な男〟とだけは、お伝えさせていただこうかと」

「？」

何も分かっていない様子のアルを見て、ゼナは苦笑いを浮かべる。

これに関してもゼナはすでに慣れたものだが、今後同じように振り回されるであろうメルトラのことを想うと、同情を隠すことはできなかった。

時間は少し進み、学園の職員室。

自分のデスクの前に腰掛けていたベルフェは、目の前に置かれたネックレスの入った小箱を指で小突いた。

「俺にまで用意するとか……まったく、律儀な主だこと」

妙な照れ臭さを押し殺し、ベルフェはその小箱を懐へとしまった。

あとがき

この度は転生魔王の勇者学園無双の二巻を手に取っていただき、誠にありがとうございます。

原作者の岸本和葉です。

今作も自分の好きなことばかり詰め込んで、かなり自由にやらせていただきました。

それをよしとしてくださるＪノベルライト文庫様には頭が上がりません。

とまあ媚を売らせていただきつつ……。

今作のアルたちの活躍はいかがだったでしょうか？

少しだけ出生の真実に近づいたアルは、一体この先何を成していくことになるのか……それを書くためには読者の皆様からの強い応援が必要ではありますが、許しが出る限り転生魔王の物語を紡いでいきたいと考えております。

そして触れておきたい話として、コミカライズ連載開始という一大イベントがあります。

何を隠そう本作、実はコミカライズが始まっているのです。

もちろん知っている方が大半になっているとは思っているのですが……。

作画に関しましては、美澄しゅんう先生に担当していただいております。

可愛らしさと少年漫画のような独特なカッコよさ、それらが上手く交わった大変読みやすい作品を作ってくださっているので、ぜひとも皆様チェックしていただけると嬉しいです。

最後になりますが、関係者の皆様、そして読者の皆様に最大限の感謝を。

機会がありましたら、またどこかで。

スキリア

魔王の部下。
アルドノアを追って転生。
バルザルク帝国勇者学園の生徒。
天然っぽい性格。

「やっぱりアルドノア様の匂い、落ち着く」

キャラクターデザイン：桑島黎音

キャラクターデザイン公開

バルフォ

魔王の部下。
アルドノアを追って転生。
バルザルク帝国勇者学園の生徒。
諜報が得意。

「あんたの気配に
オレが気づかねェ
わけねェだろうが」

キャラクターデザイン：桑島黎音

キャラクターデザイン公開

ガオルグ

バルザルク帝国の次期帝王。
バルザルク帝国勇者学園の生徒。
傲慢の権化。

「世界の中心は、
まさに王たる
私がいる場所だ」

キャラクターデザイン：桑島黎音

Jノベルライト文庫

◆知識チート×最強魔眼
エッチスキルで破滅の未来を覆せ！

転生したら破滅フラグ満載の悪役豚貴族!!

~俺だけが知ってる原作知識と、最強魔眼で成り上がる。力の対価は強制ハーレムです!!~

〔著〕高野ケイ　〔イラスト〕ゆーにっと

過労死した俺は自作小説の悪徳領主、シュバルツに転生。強力な魔眼を使うが、対価として女性への欲望を抑えられないキャラだ。

加えて自領で戦争が起き敗北、処刑される未来であることを知る。処刑回避のためにプリーストのローザ、冒険者のグリュン、王女のリラとともに自軍の兵士を率いるシュバルツ。

原作知識も生かし戦いを優勢に進めていたが、原作にはない強敵が現れ——!?

果たしてシュバルツは破滅ルートを回避できるのか？

底辺豚貴族の成り上がりファンタジー！

発行／実業之日本社　定価／770円（本体700円）⑩　ISBN978-4-408-55794-6

Jノベルライト文庫

◆幼馴染やクラスメイトをテイムして
やりたい放題!? テイマー×ラブコメ

異世界でテイムした最強の使い魔は、幼馴染の美少女でした

〔著〕すかいふぁーむ〔イラスト〕片桐

地味な男子生徒・筒井遥人は、クラスメイトたちと一緒に突然異世界に召喚される。

流されるまま召喚地である王国の姫・フィリアの【鑑定】の能力で全員の能力を調べていたところ、疎遠になっていた遥人の幼馴染・望月美衣奈の能力【魔法強化】が暴走してしまう。

そんな美衣奈を助けられる唯一の方法は遥人が美衣奈を【テイム】すること!?

学園一の美少女である美衣奈に気を遣い遥人は距離を置こうとするが、どうやら美衣奈は違うようで……。

一方裏では遥人に嫉妬するクラスメイトたちが暗躍していて――?

発行 / 実業之日本社　定価 /770円（本体700円）⑩　ISBN978-4-408-55740-3

Jノベルライト文庫

転生《てんせい》魔王《まおう》の勇者学園無双《ゆうしゃがくえんむそう》 2

2023年4月12日　初版第1刷発行

著　　者　岸本和葉《きしもとかずは》
イラスト　桑島黎音《くわしまれいん》
発 行 者　岩野裕一
発 行 所　株式会社実業之日本社
〒107-0062　東京都港区南青山 5-4-30
emergence aoyama complex 3F
電話（編集）03-6809-0473
（販売）03-6809-0495
実業之日本社ホームページ　https://www.j-n.co.jp/
印刷・製本　大日本印刷株式会社
装　　丁　AFTERGLOW
D T P　ラッシュ

ISBN978-4-408-55795-3（第二漫画）